通訳ガイド美桜の日本へようこそ!

プロポーズは松本城で

島崎秀定
SHIMAZAKI Hidesada

Welcome to Japan!
The Guide
Interpreter Mio

文芸社

目次

第一章

通訳ガイドで食べてくなんて絶対無理！

美桜のツアー①

2018年11月22日(木)

TOUR
MENU

出発地

新宿
グランドプラザホテル

明治神宮
原宿・表参道
浅草・隅田川クルーズ
浜離宮

訪問先

お客様

イギリス人夫妻
エリック・アンダーソン
(65歳)
シャーリー・アンダーソン
(62歳)

Notes

第一章　通訳ガイドで食べてくなんて絶対無理！

八時一〇分、山手線が新大久保と新宿駅の間で急停車した。私は前につんのめりそうになり、慌てて吊革を掴んだ。車内放送が告げる。
「ただいま渋谷駅にて非常停止ボタンが押されました。現在状況を確認しているところです。お急ぎのところ申し訳ありませんが、しばらくの間運転を見合わせます」

今日は私の通訳ガイドデビューの日。通訳ガイドは外国人を観光案内するのが仕事だ。今回の仕事は新宿グランドプラザホテルから九時に始まる予定である。お客様はイギリス人夫婦二人。ホテルのロビーで二人をお迎えし、電車や地下鉄を使って一日都内観光に案内することになっている。

東武東上線の大山駅近くの自宅からホテルまでは、乗り換えや徒歩も含めて約四五分。電車の時刻はネットの「乗換案内」で確認しておいた。九時集合だから余裕をみて八時半にホテルに着いていればいいだろうと、早めの朝食を済ませてパンツスーツに着替えた。通訳ガイドの服装は自由だが、依頼を受けた旅行会社からはスマートカジュアルと言われているので、きちんとした印象を与えて、なおかつ動きやすいパンツスーツを選んだ。長い黒髪はポニーテールに結ぶ。七時四五分に元気よく家を出た。

「美桜《みお》、がんばってね！」

「はーい、行ってきまーす！」

初めは商社のＯＬを辞めて通訳ガイドになることに反対していた母も、今では私の独立を応援してくれている。この初仕事の朝も、元気に送り出してくれた。


大山駅から東武東上線に乗って、池袋で乗り換える。新宿までは埼京線に乗ったほうが二～三分早く着くが、朝の八時前後は混雑も激しいため、山手線を選んだ。山手線に乗ったときは八時三分。この調子なら余裕でホテルに到着できる、はずだった。なのに……。

新大久保駅と新宿駅の間で電車がストップした。

電車が一時的にストップするのは都内ではよくあることだ。まあ五分もすれば動き出すだろう。まわりの乗客も「あー、またいつものことか」という程度の反応だった。

ところがいつまで経っても動かない。車内アナウンスが変わった。

「確認いたしましたところ、渋谷駅で人身事故が発生した模様です。ご迷惑をお掛けいたしますが、もうしばらく運転を見合わせます」

まわりの乗客もいら立ち、ざわざわしてくる。新大久保駅にいる間にストップしていれば、そこからホテルまで歩いても行けたのに、現実は残酷だ。山手線の横を埼京線が勢い

第一章　通訳ガイドで食べてくなんて絶対無理！

よく追い越していく。埼京線に乗ればよかったと後悔しても、今さらどうにもならない。車内では携帯電話での通話は禁止だが、非常事態では当然誰も気にしない。みんな職場や家族などに電車に閉じ込められていることを伝えていた。

時間はどんどん過ぎていく。スマホの画面を見ると八時四〇分。もう九時の約束には間に合わない。とりあえずお客様に今の状況を伝えよう。ホテルに電話すると、すぐにつながった。応答した女性スタッフに、今日案内する予定のエリック・アンダーソン氏につないでほしいとお願いした。呼び出し音が鳴るものの、なかなか出ない。……九回、十回。ここで電話がつながった！　よし、ひと安心、と思ったらフロントの女性の声だった。

「呼び出しましたが、あいにくお部屋にはいらっしゃらないようです。どうされますか？」

えっ、どうしよう。その瞬間、ガタンと音がして、電車がゆっくり動き出した。

「あっ、それなら結構です」

と電話を切る。もう大丈夫だろうと安心し、伝言をお願いしたり、フロントにお客様がいないか探してもらうということは思いつかなかった。電車は動き出したものの、一〇メートルほど進んでまた止まった。その後も動いたり止まったりを繰り返し、新宿駅に着いたときにはすでに九時五分になっていた。遅刻はOL時代にもあった。でも、駅で遅延証明書をもらって会社に提出すれば遅刻にならなかった。今考えると会社というのは天国だ。

新宿駅に着くと、ここで降りる人もそうでない人も、みんな一斉にホームに吐き出された。ホーム上も電車を待っている人で溢れ返っている。駆け出そうとするが、人混みでなかなか前に進めない。かき分けて進もうとすると、スーツを着た中年男性に肘で突かれ、怒鳴られた。

「一人だけズルするんじゃないよ！」

「大事な用事で急いでるんです！」

「俺だってそうだよ。ここにいる全員が急いでるんだよ。そんなこともわかんないのか！」

わかってはいるが、一刻も早くホテルに行かなければならない。焦る気持ちで心拍数が上がってくる。でも、こんなところで喧嘩している場合ではない。仕方なく、左右から押されながら流れに任せてのろのろと進んだ。ホームの階段を下りるとやっと駆け出すことができた。西口改札を抜け、タクシー乗り場まで猛ダッシュ。幸いタクシーはすぐつかまった。

新宿グランドホテルのロビーに到着したのは九時二〇分。約束の時間をすでに二〇分過ぎている。お客様はどこだろう、と吹き抜けの広いロビーを見渡した後、ショルダーバッグからお客様の名前を書いたボードを取り出して、持ち上げた。するとコンシェルジュ・

第一章　通訳ガイドで食べてくなんて絶対無理！

デスクの近くにいた男性が片手を挙げてくれたので、小走りで向かう。

お客様は六十代のイギリス人夫婦。ひょろっと背の高いご主人はクリーム色のセーターに紺色のチノパンの出で立ち。カジュアルな姿は若々しく、とても六十代に見えない。奥様は小柄で少し小太りな女性。紺のワンピースの上に白いハーフコートを纏っている。どことなくエリザベス女王に似ていて上品さを感じる。その品の良さとは裏腹に、二人とも険しい顔つきだ。第一印象が大事と思い、元気に声を掛ける。

「ハロー！」

でも、ご主人エリックの第一声は「ハロー」ではなかった。

「君が今日のガイドか？　何時だと思ってるんだ！」

怒りのせいか顔が真っ赤だった。

「高いお金を払って日本に来てるんだ。それなのにこんなに待たされて、時間が無駄になったじゃないか。どうしてくれるんだ。今日のガイド料は払わないからな！」

隣にいる奥様も眉間に皺を寄せて私を睨んでいる。

「申し訳ありませんでした。電車が事故で止まって……」

「言い訳なんか聞きたくないよ！」

さっき新宿駅で肘で突いてきた男性より怖い剣幕だ。ひたすら平謝りするしかなかった。

私の身長は一六〇センチ。日本人女子としては背が低いわけではないが、頭を下げると頭はエリックの腰くらいの高さ。先生に謝って頭を下げている小学生のように感じた。申し訳ないという気持ちと、恐怖心と、これからどうなるんだろうという不安が入り混じり、逃げ出したくなった。でも、ここで逃げ出したら終わりだ。こんなことで、わずか三分で通訳ガイド人生を終わらせるわけにはいかない。

どうしたら怒りを鎮めることができるだろう？　まずはそれを考えることが先決だ。今日のガイド料なんてどうでもいい。とにかく今日一日、お客様に喜んでもらえるように、一生懸命ガイドするしかない。でもガイドするのは今日が初めて。怒っているお客様を満足させられるだろうか。不安なまま、都内観光は始まった。

ホテルから新宿駅までは歩いて行く予定だったが、二〇分の遅刻のお詫びとして、最初の訪問地である明治神宮まで、自腹を切ってタクシーに乗った。二人とも「当然だろう」という顔つきだった。車内では、助手席から後ろを振り向き、今日の行程の説明をする。二人とも反応がない。相槌を打ってくれない相手に一方的に話をするのは苦痛でしかない。話が通じているのかどうかもわからない。

一〇分ほどで明治神宮の駐車場に着いたが、大した説明ができなかった。明治神宮は電車で行く場合は南側の原宿駅が最寄りだが、北にも入口があり、新宿から車で行った場合には北参道から入る。だからとても近い。タクシー代は一五〇〇円ほどかかったが、惜しくはなかった。それよりも少しでもご夫妻の機嫌が直ることを祈った。

明治神宮は、一九二〇年に明治天皇と昭憲皇太后を祀って創建された神社である。都内観光では定番の訪問先だ。ここでは明治神宮そのものを説明する前に、まずは神道と仏教という日本の二大宗教の説明をするのが定石だ、と研修で習った通りに案内を進める。日本人はどのようなときに神社に行くのかもお話しする。

「お宮参り、七五三、結婚式など、人生のおめでたい節目に神社に行くんですよ」

そういえば、下見のときには花嫁行列が見られ、多くの外国人が写真を撮っていた。

「伝統的な結婚式は特別な着物を着て、神社で行います。今日も花嫁行列が見られるといいですね」

何気なく言ってから、「しまった！」と思った。下見のときは日曜日だったから多くの結婚式が行われていたが、今日は平日。平日には結婚式が多いとは思えない。一方、ずっと無表情だった奥様のシャーリーは、「着物」という言葉を聞いた瞬間に目を輝かせた。

「着物が見られるの？　すごく楽しみだわ！」

手水舎の説明をし、鳥居をくぐって神楽殿の前まで来ると、急いで結婚式予定の案内板を確認した。見るとこの日の結婚式の予定は午後に一組入っているだけで、午前中に花嫁行列が行われる予定はなかった。それを説明すると奥様は、

「日本のウェディングドレスが見られると思ったのに、がっかりよ！」

険しい表情の奥様を前にして、目の前が一瞬真っ暗になったが、それでも黙り込むわけにはいかない。本殿の近くまで歩き、明治神宮の歴史や日本の皇室について説明し、神社での二礼二拍手一礼の参拝方法を実演して見せた。楠の木の近くでは絵馬を見てもらう。最近は外国人が奉納する絵馬が多い。しかも英語だけでなく、中国語、韓国語、フランス語、スペイン語、タイ語など、様々な言語で書かれている。日本語より多いくらいだ。それだけここを訪れる外国人観光客が多いのだ。二人は英語で書かれた絵馬を熱心に見ている。

「もしご興味があれば、私が絵馬を買いますから、何か願い事を書いてみませんか？」

「いや、私たちはキリスト教徒だから、他の宗教の神様にお願いはできないよ。見学だけで十分だ」

単に宗教の違いの問題なのだが、日本文化が否定されたような、さらには自分が否定されたような気さえした。私だって宗教心が強いわけでは決してなく、絵馬を奉納したことすらないのだけど。

気まずい雰囲気のまま、参道を原宿駅方面に向かった。途中、日本で最大級の木造の鳥居や、奉納された酒樽とワイン樽が並んでいるところを通ったので、一通りの説明をする。酒樽は多くの神社に奉納されているが、ワイン樽があるのは珍しい。これは欧米の文化を積極的に取り入れようとしていた明治天皇を偲び、フランスのブルゴーニュから贈られたものだ。

二人とも話は聞いてくれるが、それほど関心を示した様子はなかった。見ると、東南アジアからと思われるグループは酒樽をバックに、楽しそうに写真を撮っている。その様子を見ていると、明治神宮が決して外国人観光客にとってつまらない場所ではないと思えるのだけど……。

次の訪問地は、明治神宮とは駅をはさんで反対側の原宿。あまり興味を持ってもらえる気がしなかったが、行程表に入っているので、そのまま案内することにした。竹下通りに向かう途中、一九六四年の東京オリンピック用に建設された代々木体育館が見えてきた。ロンドンでも二〇一二年にオリンピックが開かれたばかりだから関心を示してくれるだろうと思ったが、二人とも黙って聞いているだけだった。山手線の駅舎で最古の原宿駅も説明するが、興味があるんだか、ないんだか、反応がつかめない。

竹下通りの入口に立つと、まだ午前中のせいか、それほど人出は多くなかった。

「ここは竹下通りと言って、若者にとって日本で一番有名なファッションの通りで……」

「私たち若者じゃないわよ。若者のファッションなんて興味ないわ。それより着物が見たかったのに！」

説明が終わる前に、奥様に遮られた。やっぱり予想通りの反応だ。二人にはまったく笑顔が見られない。とりあえず竹下通りを歩き出したが、うさぎ耳の帽子を動かして楽しんでいる女の子にも、嬉しそうにレインボーカラーの綿菓子を持ち歩いている親子にも、まったく興味を示さなかった。

「だって、ここに行くって日程表に書いてあるんだし、あなたたちだって日程表の原宿の説明を読んでどんなところか知ってるんでしょ？　行きたくないなら最初から言えばいいじゃない！」とは口が裂けても言えない。代わりに、クレープをご馳走することを思いついた。

「原宿では、クレープが人気なんですよ。見てください、このたくさんの種類を！　よかったらご馳走しますよ」

多くの外国人観光客は、ショーケースにたくさん並んでいるサンプルを見てビックリすると聞いていた。精巧に作られていて、本物と見まがうほどの芸術品と言ってもいい。でも、シャーリーは違った。

「まだお腹は空いてないわ。それに、これ日本のものじゃないでしょ？　なんで日本に来てまで、フランスのスイーツを食べなきゃいけないのよ！」

それでも、どうにか竹下通りを東端まで歩き通した。次は表参道だ。明治通りを右折し、表参道まで歩く。神宮前交差点を向かい側に渡って、また説明を始める。

「ここは原宿のもう一つの有名な通り、表参道です。さきほど行った明治神宮に続くメインの参道だからこの名前が付いたんですよ。日本のシャンゼリゼとも呼ばれ、ここはティーン・エイジャー向けの竹下通りと違い、けやき並木の落ち着いた通りです」

「なんか欧米のブランド店ばかりね。せっかく日本に来たんだから日本らしいものが見たいのに」

奥様は相変わらず手厳しい。そうだ、オリエンタルバザーにお連れしよう。この店は上質な日本土産を揃えており、着物も売っている。

でも、店の入口は残酷にも閉まっていた。今日、木曜日は定休日だった。

なすすべもなく、あまり会話もないまま、地下鉄の表参道駅まで黙々と通りを歩いた。欧米の訪日客って、こんなに日本に興味がないのだろうか？　あるいはこの二人は例外？　それとも私に対して怒っているだけ？　通訳ガイドの仕事が初めての私には、この二人の無関心さが理解できなかった。

次の行き先は浅草。表参道駅からは銀座線で約三〇分だ。銀座線は混んでいることが多いが、三〇分も立たせたら、シャーリーは怒り出すだろうなと不安だった。幸い電車はそれほど混んでおらず、二人分の席が確保できてホッとした。二人を座らせてから、その前に立った。自分も座ったら失礼だと思ったのだが、エリックは反対側にあったもう一人分の空席を指さした。

「ミオ、あそこに座ったらどうだい」

前に立っていても気まずかったので座ることにしたが、二人から離れてホッとした自分が情けなかった。浅草駅までの三〇分間、これからの予定を頭の中で考え続けた。考えたと言っても、頭の中で空回りするだけで、何か特別な名案が浮かんだわけではない。

浅草駅に着き、エレベーターに乗って地上に出ると、突然町の喧騒が伝わってきた。道路脇には人力車が十台くらい連なり、威勢のいい声で客引きをしている。シャーリーは興味深げに人力車を見つめていた。日本の伝統的なものには関心があるようだ。

すでに一二時を回っていたので、浅草寺を見学する前に昼食にしようと提案し、二人の賛同を得る。団体のツアーでは食事は予約されていることが多いが、個人客の場合にはほとんど予約されていない。食事の代金も旅行代金に含まれていたり、いなかったり、ツアーによってまちまちのようだ。今日の食事代は含まれていないが、いずれの場合でも、ガイドが食事場所を提案しなければならない。

浅草で有名な食べ物といえば天麩羅だ。日本食の中でも天麩羅は、寿司や刺身と違ってあまり好き嫌いがなく、外国人にも食べてもらいやすい。浅草の老舗では胡麻油を使っているので、普通のものより衣が少し濃い色になるのが特徴だ。シャーリーは甲殻類アレルギーだと事前に旅行会社から聞いていたが、野菜の天麩羅なら大丈夫だと思い、自信を持って提案した。

「浅草で有名なのは天麩羅です。昼食に天麩羅はいかがですか？」

「そうね、日本料理が食べたかったから、いいわね」

やった、シャーリーの同意が得られた！　浅草には天麩羅の有名店がいくつもあるが、下見しておいた老舗の一つに案内した。店のショー・ウィンドウには食品サンプルが並んでいる。日本の飲食店独特の風景だ。シャーリーもじっくり観察している。興味を持ってくれたようで安心した、のも束の間。

「ここにあるの、みんな海老の天麩羅ばかりじゃない？」

「そうです。でも大丈夫です。野菜だけの天麩羅もありますよ」

「そう。でも、同じ油で揚げてるんじゃないの？」

「えっ……」

「私が甲殻類アレルギーだって知ってるでしょ？　同じ油で揚げていたら、海老のかけらが野菜の天麩羅に混ざるんじゃないの？」

私は思わず固まってしまった。どうなんだろう？　油を分けているのかどうか、そこまで考えが至らなかった。アレルギー食材さえ使わなければいいと思っていたが、アレルギーの本人からしたら、そう単純ではない。重いアレルギーの場合には、命に関わることだってありうる。

「ごめんなさい。私の確認不足でした」

すぐに頭を下げる。同じ油を使っているのか店に確認しようかとも思ったが、結果がダメなら余計に気分を害されそうなので、それなら別の料理にしたほうがいいと思った。どこの店にしよう。下見に来たときにはいくつも候補の店を考えていたのに。でも、考えてみると他の和食店もみんな甲殻類を扱っていたような……。

するとエリックが隣の店のショー・ウィンドウを指さして、あそこはどうかと奥様に聞いている。

「パスタとピザか。日本食が食べたかったけど、疲れちゃったから、もうそこでいいわ」

妥協させた罪悪感にさいなまれながらも、とぼとぼ後を付いて行った。ご夫妻の注文を手伝った後、外で待っていると言ったが、ご主人に引き留められた。

「ミオ、一緒に食べよう。お昼はご馳走させてもらうよ。さっきのタクシー代、自費で払ったんだろう？」

すべてお見通しだった。エリックはここで初めて優しい微笑みを見せてくれた。

「食事中は仕事のことを忘れなさい。この時間は友達として話をしよう」

私はちょっと嬉しくなり、ご一緒させてもらうことにして、並んでいる二人の向かいに座った。でもメニューを見ても、食欲がまったくわかない。強いストレスのせいか、何か食べたら吐き出しそうなくらいだ。かといって何も注文しないわけにもいかず、コーヒーだけ注文することにした。

「ミオ、あなた痩せてるんだから、食事しないと身体がもたないわよ」

シャーリーは心配してくれた。私は日本人女子としては普通の体型だが、西洋人から見ると痩せて見えるようだ。

「朝たくさん食べてきたから大丈夫です」

そうごまかした。

食事中は少し和やかな雰囲気になった。エリックが自分たちの住んでいるロンドンの話を始めると、私も大学の卒業旅行で行ったイギリスの楽しかった思い出を話した。話しているうちに、シャーリーにも初めて笑顔が見られた。話は今回の旅の目的に移っていった。

エリックが説明してくれる。

「実はね、今年私たちの結婚四十周年なんだ。イギリスではルビー婚って呼ばれているよ」

「えっ、本当ですか、おめでとうございます！　日本でもルビー婚と呼びますよ。もしかしたら、ルビー婚の呼び名はイギリスが発祥なのかもしれませんね」

「それは面白いね。とにかく私たちは結婚後、五年毎に海外旅行することに決めているんだ。プロポーズしたときの約束でね。最初の頃はヨーロッパ中心に回ったよ。フランス、イタリア、ドイツ、それから東欧のほうにも出掛けたな」

「ヨーロッパは陸続きの国が多いから、気軽に旅行できていいですよね」

「でも二十年以上前は、各国の通貨が違ったから、いちいち両替するのが面倒くさかったね。今でもイギリスはポンドを使ってるけど。それに私たちが結婚した当時は、国境を越える度に入国審査があったから旅行するのもそんなに簡単じゃなかったんだよ。東欧諸国はビザが必要な国もあったしね。それを考えると、今は本当に旅行しやすくなったよ」

「そんな時代もあったんですね。ヨーロッパってずっと一つの国のようなものだと思っていました」

「そんなことはないよ。欧州連合、いわゆるＥＵができたのだって、まだ二十五年前だよ。今、イギリスはＥＵを離脱しようとしているけど、国民投票で過半数が賛成したなんていまだに信じられないね。また以前みたいな不便さを味わいたくないな。ハハハ、二十五年前の話をしても君が生まれる前だから、ピンとこないよね？」

「私、何歳に見えるんですか？　一九九一年生まれですよ」

「ほう、ということは……二十七歳か。二十代前半かと思ったよ」

「日本人は西洋人よりずっと若く見えるみたいですね」

「その後は、アメリカにも行ったし、アフリカに行ったこともあったな」

「今回はどうして日本を選んだんですか？」

「ミオの歳では知らないだろうけど、結婚して間もない頃、『将軍（SHŌGUN）』という映画があってね。元々はアメリカでテレビ用に作られたドラマなんだけど、イギリスでは映画として上映されたんだ。十七世紀の初め、航海士が日本に行って、将軍の外交顧問を務める話でね。その主人公がイギリス人だから、イギリスでも多くの観客を集めたものさ」

「私は『将軍』は見ていませんけど、父親が見て面白かったって言ってました」

「映画の中の日本人はみんな着物を着ていて、武士は刀を持っている。日本はすごく遠い国で、情報もあまり入ってこないから、二十世紀になっても日本人はみんな着物を着ていたり、武士がいるんじゃないかって思ったよ。だから日本がとっても不思議な国に思えたんだ。シャーリーと一緒に映画を見た後、『いつか一緒に日本に行ってみたいね』って話をしたのを今でも覚えているよ」

　するとシャーリーが、

「私の中の日本も、あの映画の世界だったの。それでね、私が今回の行き先を日本に決めたのよ。あの映画の世界を見たかったから。日本人はみんな着物を着ていると信じていたし、家もみんな木造だと思ってた。実際には違ったけどね。でもさっき人力車を見たときは、武士の時代の日本があった！　って思ったのよ」

「それで人力車をじっと見ていたんですね」

「でもあれは観光客用よね。トヨタ車を世界中に輸出している国で人力車が一般的な乗り物のわけないもの」

　話をしているうちに、二人とすごく親しくなれたような気がした。よし、この調子で午後の観光も楽しんでもらおう。心の中でガッツポーズをした。

　昼食後は浅草寺の観光だ。ここは日本的な場所だから、二人は喜んでくれるだろうと期待した。着物を売っている店もあるから、お寺の見学後は奥様にもショッピングを楽しんでもらおう。

「なに、この人混み！　この中を歩けって言うの？」

シャーリーに叫ばれ、一瞬にして期待が裏切られた。

確かに浅草は観光客で混雑している。特に雷門前は絶好の写真撮影ポイントのため、浅草寺の中でも一番混んでいる場所だ。でも、この雷門をくぐり仲見世通りを抜けないと、本堂にはたどり着けない。

「ここを抜けたらお寺の本堂と五重塔があります。とても日本的な風景を見られますよ」

「どれくらい歩くの？」

「二〇〇メートルくらいです」

「オー・マイ・ゴーッド！」

シャーリーは手の平を額に当てて叫んだ。

「こんなに混雑している場所を二〇〇メートルも歩きたくないわ」

「じゃあ、せめてショッピングしませんか？　着物を売っているお店もありますよ」

「この人混みじゃ、ショッピングだって落ち着いてできないわよ！」

エリックは両肩を上げ、困った表情で私を見つめた。エリックは行きたかったのだ。でも、奥様の意向が最優先なのか、何も言わなかった。せっかく昼食時に和やかなムードになったのに、シャーリーの態度はまた逆戻り。仕事とプライベートをきっちり分けるのが欧米流なのかもしれない。今は、私は仕事相手としか見られていない。

結局、雷門で仏教の説明だけして、浅草寺の観光はあえなく終了。残るは隅田川の水上バス乗船と浜離宮散策だけだ。浅草寺を観光しなかったので、予定より早い船に乗ることにした。

浅草の喧騒が嘘のように、十一月の平日の水上バスは空いていた。下見のときには一緒だった定期観光バスツアーの団体もいない。桜の季節には満席になるそうなので、季節によって大きく異なるようだ。空いていたので、しっかり窓側の席を確保できた。乗船場からは東京スカイツリーとアサヒビール本社ビルの建物が見えたので、ご夫妻もこれから見える風景に期待をしているようだった。

「船に乗りながら東京の景色が見られるのは素敵ね！」

でも船が動き出すと、見えてくるのは高速道路やビルの裏側や塀ばかり。

「テムズ川クルーズのように、もっと素敵な風景が楽しめると思ってたわ」

シャーリーからは、またもやがっかり発言。最近でこそリバービューやリバーフロントという言葉がもてはやされるようになったが、以前の隅田川は水も汚く、川側というのは建物の裏側に過ぎなかった。ロンドンタワーや国会議事堂など歴史的な建物を存分に味わえるテムズ川クルーズと違い、隅田川クルーズはとっても地味なのだ。

船内放送では日本語の後に英語も流れ、両国国技館など見えてくる建物を紹介してはいるが、高速道路に遮られてよく見えない。フォークソングで有名になった神田川などは、外国人にはピンとこないせいか、そもそも英語の説明は省かれている。疲れたのか、エリックはうとうとし始めたので、少し静かにしていることにした。

約三〇分で浜離宮に到着。浜離宮は元々甲府徳川家の下屋敷だったが、その家系から六代将軍家宣が誕生したため、将軍家の別邸となった。海水を取り入れた潮入《しおいり》の池や、鷹狩りを行った鴨場などが有名だ。植物園と言ってもいいほど、梅、菜の花、桜、ツツジ、アジサイなど季節毎にいろいろな花も楽しめる。しかしながら十一月にはほとんど花が咲いていないので、華やかさに欠ける。

シャーリーはガイドブックを開き、桜が満開の浜離宮の写真を見ていた。嫌な予感がした。案の定、シャーリーは船を降りるなり質問してきた。

「ねえ、ミオ、桜の木はどこにあるの？」

「桜の木なら庭園内にたくさんあります。あそこに見えるのも桜の木ですよ」

「そうじゃなくて、私は桜の花が見たいのよ」

「残念ながら今の季節には桜は咲いていません」

「ホワーット？」

シャーリーは眉間に皺を寄せて、両腕を広げ、大声を出した。あまりに驚いたようで、そのまま固まってしまった。少し間をおいてから、ご主人と議論が始まった。

「ねえ、エリック、私たちなんのために日本に来たの？　桜も見られないし、着物を着た花嫁さんもいないし、日本食も食べられない！　がっかりだわ！」

「シャーリー、日本に行きたいって言ったのは君だろう」

「あなただって賛成してくれたじゃない！　確かに『将軍』の話は四百年前の日本だけど、こんなにイメージと違う国だとは思わなかったわ」

シャーリーの目にはうっすらと涙さえ浮かんでいた。私は口をはさめなかった。どうしていいかわからない。私も泣きたいくらいだ。しばらく夫婦の間で口論が続いた。

ようやく口論が収まると、無言のまま三人で歩き出した。小さいほうの池を渡ってしばらくすると、大きな池が見えてくる。池の真ん中には茶屋があり、美しい風景だ。シャーリーの表情が少し和らいだ。

「この景色、きれいね」

「三百年前の将軍も、この景色を楽しんだんですよ」

「ねえ、あそこに見える白い花はなに？」

あっ、十月桜が咲いている。

「桜です！」

「ミオ、あなたはさっき、『今は桜が咲いてない』って言ったじゃないの！」

そう言いながらも、決して私を責めている語調ではない。

「実は秋に咲く桜もあるんです。すっかり忘れていました」

十月桜は花もまばらで、ソメイヨシノのような華やかさはない。それでも十月桜の前でご夫婦の写真を撮ってあげると、シャーリーの機嫌も少し直ったようだ。この小さな花が、こんなにきれいに見えたことはなかった。ありがとう、十月桜さん！

「あそこに見えるのは茶屋です。茶屋に入って抹茶を飲みましょう。抹茶は飲んだことありますか？」

「いいえ、ないわ。まあとにかく行ってみましょう」

お伝い橋を渡って、中島の御茶屋に着いた。茶屋に入るには、入口で靴を脱がなければならない。するとシャーリーは、

「靴を脱ぐなんて冗談じゃないわ！」

「でも、ここでは日本の伝統的な部屋が見られますよ。ぜひ入りましょう」

日本の伝統的な、という言葉に惹かれたのか、しぶしぶ靴を脱いでくれた。中に入ってみると、部屋には畳が敷いてあって、二人とも興味を示したようだ。シャーリーは、

「これがストローマットね。日本人はこの上に寝るんでしょ？　背中が痛くならないの？」

「いいえ、この上に柔らかい布団を敷いて寝るんです。布団は床に直接敷くけど、ベッドに寝るのとそれほど変わらないですよ」

「じゃあ、どうしてベッドを使わないの?」

「日本の家は元々狭かったから、寝るときだけ布団を敷いて、昼間は畳んで押入れにしまっておいたんです」

「へー、そうなの」

「同じ部屋を、昼間は居間や食堂として使っていたんですよ。狭い部屋を様々な用途に使う工夫です」

「それで昔、日本の家のことをウサギ小屋って呼んでいたのね。あっ、ごめんなさい、悪口を言うつもりじゃないのよ」

「大丈夫です。外国人がそう呼んでいたことは知っています」

日本の悪口を言われているようでもあったが、それよりもこちらの説明に反応してくれたことが嬉しかった。

茶屋の中では、床に座るか、テーブル席か選ぶことができた。畳の上には赤い絨毯が敷いてあってそこに座れるようになっている。テーブル席は部屋の中とベランダの両方にあった。十一月にしては陽射しもあって暖かかったので、ベランダのテーブルを提案すると、二人とも賛成してくれた。池には色とりどりの鴨が泳いでいて、大都市東京とは思えないのどかな風景である。

しばらくすると抹茶が運ばれてきた。初めて抹茶を飲んだ外国人の反応は二つに分かれるという。美味しいという人と、苦くて嫌いだという人。この夫婦は後者だった。シャーリーは顔をしかめた。

「何、この苦み？　砂糖はないの？」

「抹茶には砂糖は入れません。先に甘いお菓子を食べて、口の中を甘い状態にしてから抹茶を飲むと、ちょうどいい味になるんです。このお菓子、芸術作品みたいできれいでしょう。原宿ではクレープを見たけど、ちゃんと日本のお菓子もあるんですよ」

ここ中島の御茶屋では、季節毎に花鳥風月をデザインした生菓子を出してくれる。十一月のこの日は、銀杏をデザインした黄色いものと、もう一つはサザンカの花。花びらを表すピンク色の地に緑の葉っぱが一枚、真ん中は黄色くなっていて雄しべを表している。どちらもきれいでかわいらしい。中には餡が入っている。

「そうね、とってもきれい」

そう言いながら一口かじるが、

「私にはちょっと甘過ぎるわ」

その後に抹茶を飲んでもらうが、やはり嫌いな人は嫌い。シャーリーは眉間に皺を寄せて、首をかしげるだけだった。エリックも同様の反応だった。好みの問題と、慣れもあるので、これぱっかりは仕方がない。二人とも抹茶は一口で諦めた。

結局ほとんど満足してもらえないまま予定していた観光が終わり、汐留駅から都営大江戸線に乗って新宿に向かった。二人とも疲れたようで、空席を見つけて座ると、すぐに眠り込んだ。一方、私は電車の中でもずっと落ち込みっぱなしだった。満足させられなかったのは私のせいだと、自分を責め続けていた。

新宿駅からホテルまでは、また自費でタクシーに乗ることにした。二人を先に乗せ、自分も運転手の隣に乗ろうとするとエリックは、

「ホテルに帰るだけだから、ミオは来なくていいよ。タクシー代は自分たちで払うから」

とっさのことで、私はなんと返せばよいのか思い浮かばなかった。エリックは硬い表情のまま続けた。

「ミオ、今日はありがとう。それから今後は絶対遅刻するんじゃないよ。それじゃあ」

「遅刻して申し訳ありませんでした。今日一日ありが……」

ありがとうございました、と最後まで言わないうちに、後部座席のドアが閉まり、タクシーは出発した。

第一章　通訳ガイドで食べてくなんて絶対無理！

「こんな終わり方って……」

　一人取り残されて、唖然としてその場に座り込んだ。

「あのー、そこどいてもらえませんか？」

　後ろでタクシーを待っていたビジネスマンに追い立てられた。みじめだった。疲れ果てて、家に帰る気力さえない。どこかに座りたい。目に入った新宿駅構内の喫茶店に入ることにした。入口近くに空席を見つけると、倒れるように座り込んだ。ソファの背にだらしなくもたれかかる。一日だけの仕事だったが、一週間眠らずに仕事をし続けたような疲労感だ。

「大丈夫ですか？」

　女性の店員が心配そうに近づいてきた。

「えっ、あっ、大丈夫です。ちょっと疲れてるだけなんで。えーと、ホ、ホットコーヒーお願いします」

　ぼーっとしている間に一時間くらい経っただろうか。コーヒーも出されたまま、口をつけていない。突然携帯電話が鳴り出した。仕事をくれた旅行会社プラムトラベルの梅村《うめむら》社長からだった。

「お客様からクレームの電話があったぞ。遅刻したんだって？　何を考えてるんだ！」

梅村社長がまくしたてる。

「電車が事故で止まって……」

「そんなの言い訳になるか！　ガイドが遅刻するなんて聞いたことないぞ！　第一、社会人一年生じゃあるまいし、ホウレンソウもできないのか！　連絡さえくれればお客様に伝えられたのに」

梅村社長の口調は厳しかった。梅村社長は恋人の柏崎桃也《かしわざきとうや》の知り合いということもあって、初対面のときからため口をきかれた。もう少し優しい言い方はできないのかと思ったが、梅村社長の言っていることはもっともなことなので反論できなかった。

「申し訳ありませんでした」

携帯を握りしめながら自然に頭を下げている自分が情けなかった。電話はすぐに切れた。これでもうプラムトラベルが仕事をくれることはないだろう。それより、こんなこと毎日続けていたら身も心も持たない。この仕事で食べていくなんて、絶対に無理……。

仕事初日にして、通訳ガイドになったことを後悔した。

第二章

もう一回だけがんばってみる！

話は四年前にさかのぼる。早経大学の四年生だった私は、国際的な活躍をしたくて就職活動は商社を中心に行っていた。学部は文学部英文学科。英会話サークルにも入って英語には慣れ親しんだが、さらにブラッシュアップしたいと思って、二年生のときには一年間のアメリカ留学プログラムに参加した。就職活動では、留学体験を中心に自分の積極性をアピールした。この頃、少子化や好景気によって、大学生の就職内定率も上昇していた。それでも名門の会社を目指す就職活動は容易ではなかった。

私は五大商社の一つに入りたいと思っていた。総合職を希望し、海外駐在員になることに憧れていたのだ。第一志望の会社には一次面接で落とされた。その後、二次面接まで進んだ会社もあったが、結局三社から立て続けに「厳正なる選考の結果、誠に残念ではございますが……」の手紙が届いた。絶望的になりかけていたところ、ようやく第二志望だった大帝国物産から内定通知が届いた。天にも昇るような気持ちだった。外国に駐在してバリバリ働くバラ色の夢が現実のものとして感じられるようになった。まわりの友人たちからも羨望の的だった。

大学を卒業すると、四月から憧れの丸の内に通うＯＬ生活が始まった。初めの一ケ月は集合研修。会社の理念や組織のことを学んだ後は、社会人としてのマナー講習。その後、ビジネス英語の基礎や貿易の専門知識など徐々に具体的なことを学んでいった。将来の役に立つのかよくわからなかった学校の授業に比べ、これから確実に実践していく商社の研修内容はどんどん頭に吸収されていった。

一ケ月の研修が終わり、五月の連休明けに配属が決まった。配属先は「エネルギー業務部 東日本営業課 営業二係」。エネルギー業務部は商社の花形である石油関連の部署だ。もしかしたら中東諸国に駐在なんてことも！ 夢は膨らみ、意気揚々と出社した。ただ、なぜかオフィスは新しい高層の本社ビルではなく、その隣の古い低層のビルだった。

係内の朝礼で、優しそうな係長が十人の部下の前で紹介してくれた。

「この四月に入社した綾瀬《あやせ》美桜さんが、私たちの部署に配属されました。最初はわからないことだらけだと思うので、みなさん、優しく教えてあげてください。じゃあ、自己紹介してもらおうか」

「綾瀬美桜です。海外に駐在して、バリバリ仕事をするのが夢です。得意の英語も活かしたいと思っています。一生懸命がんばりますので、どうぞよろしくお願いいたします！」

明るく元気に頭を下げた。するとパラパラと拍手が起こったが、顔を上げてみると社員たちは無表情だった。最初は笑顔だった係長も、どことなく困ったような顔をしている。

朝礼の後、係長から部署の説明を受け、その理由がわかった。エネルギー部門とは言っても、この部署は国内営業専門。決して中東に駐在どころか、海外出張する機会さえない。英語を使う必要がないのだ。

また、総合職とは言っても新人のうちは雑用係のようだった。コピーを取ったり、資料作成をするのが主な仕事だ。資料作成とは言っても、企画書を作るような創造的な仕事ではなく、数字をパソコンに入力したり、他の社員が手書きした企画書をワードできれいに仕上げるだけの単純な作業。また、強制ではないと前置きしつつ「一番若い社員がお茶汲みするのがこの会社の慣習だから」と言われ、お茶汲みもせざるを得なくなった。

それでも最初の三ケ月ほどは、仕事に慣れるのが大変であり、新しいことを覚える新鮮さもあって、生き生きと仕事をしていた。でも、お盆を過ぎて、少しずつ日が短くなるにつれて、緊張感も薄れていった。単純作業ばかりの仕事を退屈だと感じるようになった。

仕事が終わると、たいていは真っすぐ家に帰った。それ以外は、週一～二回の残業か、恋人の桃也と会うか、同期入社の仲間と時々飲みに行くくらいだった。これと言って趣味もないので、家では夜、テレビドラマを見るようになった。なんとなく見始めたのだが、徐々にハマっていき、ほぼ毎日のようにドラマを見るようになった。私、なんでテレビドラマが好きなんだろう？

思い当たることが二つある。一つは、三ケ月で終わるということ。昔から好奇心だけは旺盛だった。親にせがんでピアノやバレエを習ったり、水泳教室に通ったりした。何をやっても最初からそこそこうまくできるので、教室の先生たちからも褒められた。

「美桜ちゃんには才能がありますよ」

だから通い始めの頃は楽しくて夢中になるのだが、三ケ月もすると飽きてくる。伸び悩む自分から逃げ出したくなったのかもしれない。最初は他人より優れていても、徐々に抜かされてしまう。結局何をやっても中途半端で、今も続けている習い事はなかった。

テレビドラマも三ケ月間だけは興味が続くということなのだろうか。そういえば一年間続くＮＨＫの大河ドラマは見ようとしていなかった。

もう一つは現実逃避。タイムスリップ物のドラマが特に好きなのは、満足できない現実から逃れ、過去に戻ってやり直したいという気持ちの表れなのかもしれない。

でも、来年度になればまた新人が入り、少しは責任ある仕事を任せてもらえるのではないかという期待はあった。あるいは、もしかしたら国際的な部署への異動があるかもしれないと思い、一年間辛抱強く雑務をこなした。ところが、翌年の五月になってもこの部署には新人は配属されてこなかった。当然、仕事も一年前とまったく変わらない、単純作業の繰り返しだった。こんなんじゃいつまでたっても国際的な仕事なんかできない！

入社二年目の夏、転職を考えるようになった。その相談を最初にしたのは恋人の桃也だ。

彼は同じ早経大学の英会話サークルの一年上の先輩だった。留学の相談をしたのがきっかけで仲良くはなったが、その頃は付き合っていたわけではない。サークル内でも人気のあった彼は学生の間、特定の恋人を作ろうとしなかった。

桃也が就職して間もない頃、映画に誘われた。私は留学で一学年遅れたから、三年生のときだ。映画の後、一緒に行ったお洒落なイタリアンレストランで「付き合ってほしい」と言われた。私も大学一年の頃からずっと桃也に憧れていたから、有頂天になって大きく頷いた。

桃也は私が留学の相談をした頃から意識してくれていたそうだ。好奇心旺盛でありながら、どことなく危なっかしいところもあって、放っておけなかったと言われた。そして私が留学して一年間会えなかったとき、私に対する思いが強まったとのこと。褒められているのか子供扱いされているのか、複雑な心境だったが、とにかく付き合えるのは純粋に嬉しかった。

私が学生の間は桃也の都合に合わせられたから、ちょくちょく会っていた。でも、就職してからは会う機会はめっきり減ってしまった。桃也は旅行会社に勤務している。海外旅行専門の会社で、普段はツアーを企画したり手配したりといったデスクワークだが、時には日本人のお客を連れて海外添乗に行くこともある。桃也の会社は土日も営業しているので、なかなか私と予定を合わせられない。

それでも私が何か電話で相談すると適切なアドバイスをくれる頼りになる存在だった。だから転職の相談も最初にしたのは桃也だ。

電話で商社での仕事のことを一通り話すと桃也は、

「部署異動を希望してみたら？　大手商社なら、そういう制度もあるんじゃないの？」

「そりゃあるけど、希望が叶うのなんて優秀な男子社員だけだよ。男女平等なんて言ってるけど建前だけ。私なんかが希望したって相手にしてくれないよ」

「そんなの、やってみなきゃわからないだろ？」

「わかるよ。別の部署の同期の子が部署異動の希望を出そうとしたら、上司に握り潰されちゃったんだって。一年ちょっとで部署異動なんて早過ぎるって。やっぱりなあって思ったよ」

「じゃあどうするんだよ？」

「私、転職しようかと思ってる」

「えっ、何言ってんだよ。まだ一年ちょっとしか経ってないじゃないか」

「でも、何年いても変わらないような気がするんだよね」

「美桜ってさあ、すぐそうやって諦めちゃうところあるよな」

「そんなことないよ！」

核心を突かれたが、認めたくはない。私に気を遣ったのか、桃也は私の言葉には反論せずに続ける。

「仮に転職するとして、どんな業界とか、どんな会社とか、考えてるの？」

「うーん、まだ具体的には考えてないよ」

「でも、転職したって同じだろう。どこの部署に配属されるかわからないんだし」

「それはそうなんだけど……」

自分でも、ないものねだりをしているのはわかっていた。桃也が魔法の解決策を提示してくれるとも思っていなかった。でも、どうしようもない。誰かに話を聞いてもらわずにはいられなかった。人前ではあまり弱みを見せることはなかったが、包容力のある桃也の前ではつい甘えが出る。

「英語力とか実力を評価してくれる会社に入れたらなぁとは思う」

「それを評価してくれるのが商社だったんだろ？　まあ、もう一回よく考えたほうがいいよ。大帝国物産を辞めるのはもったいないよ」

翌日、思い切って係長に相談してみることにした。何か行動を起こさないと、何も変わらない、そう思ったのだ。二人で会議室に入ると自分から切り出した。

「係長、突然お呼び立てしてすみません」

「いいけど、どうかしたの？　何か相談？」

「この会社って部署異動の希望を出す制度がありますよね？」

「あるけど、この部署じゃ不満なのかな？」

「そうじゃないんです。係長も他のみなさんも優しく接してくれますし、部署に不満はありません。でも、この会社に入ったのは、国際的な仕事をしたいと思ったからなんです。このまま国内営業の補助の仕事だけで終わりたくはないんです」

「なるほどな。でも、海外事業をやるにしても、国内での営業活動の流れを知っておくのは大切なことだよ。そのうち、うちの部署にも新人が入ってくるだろうから、そうしたら君にも本格的に営業の仕事をしてもらおうと思ってるよ」

「……わかりました」

海外事業部への異動の話ではなく、いつの間にか国内営業を覚えろという話にすり替わったが、反論するだけの理論武装ができていなかった。

その週末、久し振りに桃也と会った。居酒屋で食事をしながら、この間の話の続きをした。

「やっぱり転職したい」

「本気なのか？」

「もちろん本気だよ」

「俺も考えてみたんだけどさ」

「えっ、考えてくれてたの？」

桃也が何か素晴らしい答えを用意してくれていると期待した。

「当たり前だろ。相談料として今日の食事代は美桜のおごりだからな」

「えーっ……」

ほっぺたを膨らませて抗議を表したが、内心は早く桃也の話を聞きたくて仕方なかった。

「そういう表情やめろよ、高校生じゃないんだから」

「大丈夫、桃也の前以外ではしないから。それより早く話聞かせてよ」

桃也はビールを一口飲んでから話し始めた。

「美桜は自分の実力で仕事したいんだろ？　だったら通訳ガイドなんてどう？」

思いもしなかった職業を桃也が口にした。

「正式には通訳案内士っていうけど、通称は通訳ガイドって呼ばれてるよ」

「まったく考えたこともなかったよ。聞いたことはあるけど、それってどんな仕事なの？

桃也の会社でもやってるの？」

「うちじゃインバウンドはやってないよ。そうそう、外国人観光客を扱う仕事はインバウンドって呼んでるのは知ってるよね？」

「よくニュースで言ってるよね」

「訪日外国人客数は年々増加していて、二〇一二年までは一千万人にも満たなかったのに、去年二〇一五年には二千万人近くになったんだよ。わずか三年で倍以上。インバウンド業界は急成長してる。通訳ガイドもそのインバウンド業界の一つだから、需要も増えてるはずだよ」

「急成長してる分野か。なんかワクワクする！」

「俺も実際に仕事に関わってるわけじゃないけど、同じ旅行業界だからね。多少情報は入ってくるよ。通訳ガイドは外国人を観光地に案内して外国語で説明するって仕事。国家試験も難しいし、合格してからも仕事を軌道に乗せるまで大変みたいだけど、それで生計を立ててる人もいるっていう話だよ」

「それって私でもなれるかなあ？」

「俺も時々添乗員の仕事をするけど、似たような仕事だと思うよ。お客様が日本人か外国人かの違いはあるけどさ。美桜には向いてる気がする」

「桃也は添乗員の仕事にやりがい感じるって言ってたよね」

「そうだよ。もちろん嫌なお客もいるけどね。でも、お客様が喜んでくれて、最後にお礼を言ってもらうと、すごく嬉しい気分になるな。相手が外国人でもきっと同じだよ」

「そっか。ちょっと検討してみようかな。アドバイスありがとう。やっぱ桃也は頼りになるよ！」

「じゃあ、今日はご馳走さま！」

私は再びほっぺたを膨らませながらも、目の前の霧が晴れて雄大な景色が広がるのを感じた。

家に帰ると、さっそくインターネットで「通訳ガイド」を検索してみた。でも表示されるのは、「通訳案内士試験の情報」「通訳ガイド団体の案内」などばかり。知りたいのは、実際に通訳ガイドをしている人の情報だ。仕事の現場の様子や、通訳ガイドの仕事で生計を立てていけるかといった情報。仕事はすぐに取れるものなのか、みんな年間どのくらい仕事をしているのか、日当いくらくらいもらえるのか、そういうことが知りたい。

そう思っていると、ある案内が目に留まった。「現役通訳案内士が教える、通訳ガイドで生計を立てるためのセミナー」の告知だった。セミナーの開催日は一週間後。これだ！迷うことなく申し込んだ。

セミナー講師の藤崎《ふじさき》氏は年間二百日以上も通訳ガイドの仕事をしていて、これ一本で食べているとのこと。まずは通訳ガイドになるための準備から話し始めた。

「みなさん、国家試験に合格したらすぐに通訳ガイドの仕事を始められると思っていませんか？　そんな簡単な世界ではありません。試験問題以上の幅広い知識に加えて、添乗員として旅程通りにツアーを進める能力も必要です。その両面から実践的な勉強をしなければなりません。研修に参加したり、観光地を下見に訪れることも重要です」

それだけでもかなりの日数を費やすことになり、またかなりの出費にもなりそうだ。新人通訳ガイドの間では「研修貧乏」という言葉さえあるらしい。さらに厳しい話が続く。

「でも、勉強したからといって、仕事がすぐには入ってくるわけではありません。多くの通訳ガイドが仕事を得るのは旅行会社からですが、旅行会社にはベテランのガイドがたくさん登録しているため、仕事は自然とベテランに優先的に回ります。それでも多くの旅行会社に営業に行き、たまたま回ってきた仕事をしっかりやり遂げる。そうするとその会社からの信頼を得て、次につながっていきます。実力勝負の世界です」

藤崎氏の話では、軌道に乗るまで三、四年。三、四年経って、ようやくサラリーマンの平均と同程度の年収が得られるそうだ。でも、そこにたどり着くのは、通訳ガイドのわずか四％に過ぎないと言っていた。ただ、本気でその年収を目指そうとしている人も少ないらしい。

通訳ガイドの多くは、会社を定年退職した男性か、子育てを終えた主婦だとのこと。年金をもらったり、ご主人の扶養家族になっていたりする彼ら、彼女らは、決して通訳ガイドの収入がなければ生きていけないわけではない。いわば、やりがいのある老後や子育て後の第二の人生として仕事をしているというのだ。なるほど、セミナー参加者も、ほとんどが会社を引退したと思われる六十歳以上の男性か、四、五十代の女性だった。話を聞きながら、私はこれならできそうだと思った。とにかく得意の語学力を活かせるし、まさに実力勝負の世界だというのも気に入った。

セミナー終了後に藤崎氏に挨拶に行こうとすると、すでに長い行列ができていた。一〇分ほどして、ようやく順番が回ってきた。挨拶して、受付で購入した藤崎氏の著書『通訳案内士という職業』にサインしてもらうと、彼は固く握手してくれた。

「ぜひ、一緒にがんばりましょう！」

力強い口調で言われて私の心は固まった。

セミナー会場を出ると、もうまるで通訳ガイドになった気分だった。バラ色の未来が開けたように感じた。海外駐在を目指していたから、国内で働くことにまったく抵抗がないわけではない。それでも、外国人を相手にしているので、これも国際的な仕事だと自分に言い聞かせた。

その日の夜、桃也に電話すると、自分がアドバイスしてからたった一週間で決意したことに驚いていた。

「そんなに簡単に決めちゃっていいの？」

「簡単に決めたわけじゃないよ。自分なりに業界のこと調べて、セミナー聞いて、それでやろうって決意したんだよ」

「そっか。美桜がそこまで言うんなら、応援するよ！」

桃也の賛同を得たことで、私の気持ちはさらに固まった。

でも親はすぐには賛成してくれなかった。夕食後に両親を前にして自分の考えを伝える。

父は昔から子育てを母に任せきりなので、今回も干渉してこなかった。

「お母さんとよく相談して決めなさい」

賛成とも反対とも言わず、早々に席を立った。だが、母は違った。

「なんで、美桜？　あんなに商社に入りたがっていて、せっかく大手に入れたのに」

「でも、雑用ばっかりなんだよ」

「そりゃあ最初のうちはどこの会社だってそうよ。最低五年くらいは様子を見たらどうなの？」

「私の部署、今年は新人も入ってこなかったんだよ。結局二年目の仕事だって去年と同じ雑用ばっかり。こんなことがずっと続くと思うと耐えられないよ」

「だからって、成功するかどうかわからない通訳ガイドになろうだなんて、何考えてるの。収入だって何の保証もないんでしょ？　今の会社なら仕事内容は別としても、他の会社から比べたら、ずっといいお給料もらえてるんじゃないの」

「そりゃそうだけど、お金のためにつまらない仕事をずっと続けるなんて嫌だよ」

「ねえ美桜、子供の頃のこと覚えてる？　たくさん習い事したけど、みんな途中でやめちゃったじゃない。お母さんが甘やかしたのも悪かったけど、あれで諦め癖がついちゃったんじゃないかしら。水泳でしょ、バレエでしょ、それから……」

「そんな昔の話、持ち出さないでよ！」

私は言い返すが、図星だった。桃也にも同じことを言われた。諦め癖、確かに今まではそうだったのかもしれない。でも、今回は違う。

「通訳ガイドは絶対成功させる。今の会社で雑用に全力使ったって誰も評価してくれないけど、通訳ガイドはいい仕事すれば評価してもらえる」

「まだやってもいないのに、なんでそんなこと言い切れるの？」

「いい仕事すれば外国人観光客が評価してくれるし、そうすれば旅行会社も評価してくれるはずだよ」

「『はず』ってなによ。もしうまくいかなかったらどうするの？　また諦めちゃうの？　お母さんは賛成できないわね。もう一回考え直しなさい」

　母の賛同は得られないものの、私の意志は変わらなかった。日曜日に参考書を買いに池袋の百貨店の書店に行くと、通訳案内士関連の本がたくさん置いてあった。試験の過去問題集から、試験対策の参考書もたくさんあることに驚いた。また日本文化や観光地を英語で説明するためのテキストも複数出ている。先日の講師藤崎氏の著書も並んでいた。まずは過去問からだと思い、平積みになっている本から一冊購入した。

　その日、家に帰るとすぐに問題集に取り組んでみた。歴史の問題が多いが、簡単ではない。小学校から高校まで、日本史の授業はあった。でもいったい何を勉強してきたんだろうと不思議に思えるほど、日本の歴史が何もわかっていないことを思い知らされた。

　でも通訳案内士試験を受けると決めてからの日本史の勉強は充実したものになっていった。学校での勉強はいわば期末試験や受験のための勉強。固有名詞や年号を暗記することしかしてこなかった。中学生の頃「一一九二（イイクニ）つくろう鎌倉幕府」なんて覚えたけど、それが歴史上どんな意味があったのか、そんなことは教わっていない。いや教わったのかもしれないけれど、少なくとも記憶には残っていない。それに高校生になると、突然一一八五年に変更されたくらいだから、年号なんてどうでもいいはず。

それよりも、なぜその歴史が起きたのか、その歴史が後の世にどんな影響をもたらしたのか、そんなことを勉強していくうちに、初めて歴史って面白いなと思えてきた。テレビでも歴史に関する番組をたくさん放映していることに気づいた。街歩きの番組もとても参考になる。仕事があるので毎回は見られなかったが、徐々にハマっていき、そのうち録画してでも見るようになっていった。

気がつくと、いつの間にかテレビドラマを見ることはなくなっていた。でも、歴史を身近に感じるためにも、来年一月から始まるＮＨＫの大河ドラマ『おんな城主 直虎』だけは見ようと思う。

仕事内容に変化はなかったが、会社での時間は再び生き生きしたものになっていった。相変わらず雑用の毎日だったが、目標ができただけで、人生ってこんなに輝くんだな。係長からも言われた。

「最近生き生きしてるね。君がやる気を取り戻してくれてよかったよ」

日中は一生懸命に仕事に取り組んだが、残業や会社での付き合いは極力断り、家に早く帰って通訳案内士試験の勉強を続ける日々が続いた。

こうして試験勉強を続けているうち、社会人三年目になった。今年は二十六歳になる。この年も部署に新人は配属されなかった。この部署から他の部署に異動した人もいない。やっぱり私の選択は、間違っていなかったようだ。相変わらずの雑用にはうんざりだったが、心おきなく試験勉強に邁進《まいしん》できた。八月中旬には、通訳案内士試験一次の筆記試験を受けた。試験の前日、桃也から電話があった。

「明日いよいよ試験だね。美桜のことだから準備は万全だよな？」

「なんとかね。英語は大丈夫。でも他にも、地理、歴史、一般常識、通訳案内の実務と課目が多いし、試験範囲も広いから、勉強は大変だったよ」

「暗記するのは得意だろ？」

「全部マークシート方式だから、一字一句丸暗記する必要はないの。その分、引っ掛け問題が多いから、結構手ごわいんだよ」

「美桜なら大丈夫だよ。応援してるから」

「ありがとう、桃也！」

翌日は試験日。一年かけて勉強しただけのことはあり、手ごたえ十分だった。秋になって一次の合格者が発表されたが、この時点で七〜八割の受験者が振り落とされる。予想通り、無事一次は通過した。

十二月には二次の面接試験が行われた。二次試験の内容は「通訳」と「プレゼンテーション」だ。「通訳」は試験官が読んだ日本語を英語に通訳するというもの。試験官の一人は日本人女性、もう一人は外国人男性だった。主に日本的な事象から出題されるので、ある程度予想して試験対策ができる。与えられた問題は、「高山祭り」に関するものだった。高山祭り自体は見たことがないが、内容は勉強して知っていたので、英訳するのもそれほど難しくはなかった。自分でもうまくできたように思う。

もう一つの「プレゼン」は、日本的事象の単語を三つ与えられ、その中から一つを選んで二分間、英語で説明するというもの。与えられた単語は次の三つ、「伏見稲荷大社」「おせち料理」「カプセルホテル」だった。三つとも予想範囲内だったが、飲み会で終電を逃したときに泊まったことのある「カプセルホテル」を選んだ。二分間の説明は、自分の宿泊経験を交えながらうまくできたように思う。説明が終わると試験官から英語で質問された。

「女性でも安心して泊まれるんですか？」

日本人女性試験官はカプセルホテルに泊まったことがないらしく、試験のための質問というより本当に知りたがっているようだった。

「はい、女性専用のフロアがあります。そこに行くには専用のカードキーがないと入れないので安心です」

自信満々に答えることができた。何事も経験しておくに越したことはない。こんなやりとりが二、三回続き、二次試験は終了。

年が明けて一月下旬、合格通知が届いた。

「やったー！」

この年の合格率は一五％とここ数年の中ではやや低めだったが、かつては三％という時代もあったらしいから、それに比べれば高い数字だ。それでも嬉しさでいっぱいだった。合格者総数はフランス語、ドイツ語、ロシア語などを含めた十の言語合計で、千三百人ほど。この全員が都道府県に登録するわけではないだろうから、登録通訳案内士は千人ほどになるのだろうか。そう、仕事を始めるためには都道府県に登録することが必要なのだ。

そのうち、英語は約七割なので、私の計算だとざっと七百人が同期のライバルとなる。

合格は、スタート地点に立ったに過ぎない。でも試験に合格したことで、もうすっかり通訳ガイド気分だった。その夜、さっそく桃也にも報告した。

「やったよ、受かったよ！」

「すごいな。一発で合格する人なんて、なかなかいないよ。おめでとう！」

桃也に褒められると、喜びも倍増した。

「桃也が応援してくれたおかげだよ。ありがとう！」

国家試験に合格したことを報告すると、母もようやく折れてくれた。一年以上勉強し続けたことを評価してくれた。もう「すぐ諦める」なんて言わせない。

それからは、ＯＬ生活を続けながら、通訳ガイドでデビューするための勉強に励んだ。都内の観光地について実際に説明ができるようにする練習だ。試験勉強を始めた頃も生活に張り合いが出てきたが、実践的な勉強が始まると緊張感も加わってやる気が漲り、仕事の雑用さえ楽しくこなせるようになってきた。

社会人になって丸三年が経過。四年目の五月になると、私の部署に三年振りに新人が配属されてきた。一般職の女性だった。どうやらエネルギー業務部の国内部門は、会社の中でも期待されている部署ではないようだ。男性社員は三年前と同じ相変わらずのメンバーで、国際的な部署に異動する人もいなかった。

私は自分の仕事を新人の桐谷蘭子《きりたにらんこ》に教えた。早く後輩が育てば、心おきなく会社を辞められるので、指導にも力が入る。通訳案内士試験のために「日本茶」や「茶道」の勉強をしたから、お茶の淹れ方一つにもこだわり、それを蘭子に伝えた。

「お茶はね、お湯を入れてすぐに注いじゃだめよ。ちゃんと蒸らさないと」

「綾瀬さん、この会社の仕事ってやりがいがあるんですね」

「どうして？」

「だって綾瀬さんを見てると本当に楽しそう。私も早く仕事を覚えられるようにがんばります！」

蘭子に期待を持たせたことに、少し後ろめたさを感じた。私は八月いっぱいで会社を辞めることを考えている。会社の規定では、依願退職する場合、その二ケ月前に会社に通知することが義務づけられている。ということは、退職願いを出すタイミングは六月末だ。もう三ケ月を切っていた。

六月も下旬に入ると、雨の日が多くなってきた。そんなある日、係長から会議室に呼び出された。係長はいつもの優しい口調で話し始めた。

「綾瀬君、君の熱心な仕事振りをみんな評価してるよ。また、いつも明るく振るまってくれてるから、部署内の雰囲気もとっても良くなったよ。君には感謝してる」

「ありがとうございます。まわりのみなさんも良くしてくれますから」

「新人の桐谷君もだいぶ仕事を覚えたようだね。そこで、来月から、君に営業の仕事を正式に始めてもらおうと思ってるんだ」

「……………」

どう反応してよいかわからなかった。

「やりたくないのかね？」

通訳ガイドの勉強をしていることは会社に内緒にしてある。ましてや、もうすぐ退職しようと思っていることなど、おくびにも出していない。もうあと数日で六月も終わる。それまでに退職願いを出さなければいけない。だとすると、今言うしかないと思った。

「実は、八月末で会社を辞めようと思っています」

「ええっ、なんだって！」

「通訳ガイドになろうと思っているんです」

係長は相当驚いたようだった。そんな思いつきで新しいことを始めたってうまくいくわけがない、と否定的なことを言われた。でも、通訳ガイドになろうと思った経緯、勉強して国家資格を取ったことを説明し、今は実践の勉強をしているところだということを包み隠さず話した。すると最初は否定的だった係長も親身になって聞いてくれた。

「甘い世界じゃないと思うけど、君が決心してそこまで計画的に進めていたんなら、もう何にも言わないよ。君の明るさがあれば、外国人観光客だって、きっと笑顔にできると思うよ」

「ありがとうございます」

仕事自体は単調なものだったが、とてもいい上司に恵まれて仕事をしていたんだなあと、改めて実感した。

通訳ガイドになる勉強は、独学だけでは今一つ実感がわかなかったので、通訳ガイド団体に入会することにした。通訳ガイド団体は複数あったが、その中で一番研修が充実している団体を選んだ。

ガイド団体が行っている研修プログラムは、大きく分けて二種類。一つは座学。教室内で行われる学校の授業のようなものだ。

もう一つは実践研修。先輩ガイドがガイディングの見本を見せて、研修生も交代でガイド役を務める実践的なもの。実践研修は教室ではなく、浅草や明治神宮など、実際に外国人をガイドする現場で行われる。先輩ガイドのガイディングを見ると、「すごい！」と憧れる。みんな英語も流暢だし、説明もとてもわかりやすい。特に先輩女性ガイドの榎本《えのもと》楓《かえで》さんはユーモアのセンスもあり、自分もこうなりたいと目標ができた。

ガイド団体のもう一つの魅力はガイド仲間ができること。最初の頃、研修が終わるとそのまま帰っていたが、何度か研修に出ているうちに顔馴染みの仲間ができてきた。研修後にはみんなで喫茶店に行くようになった。仲間ができるのは嬉しい。勉強の仕方から仕事の様子まで、いろいろな情報交換もできる。でも正直言って、新人ガイド同士の会話には、ちょっとうんざりすることも。みんなマイナスのことばかり言っているからだ。

「ガイド試験に受かったからって、仕事は簡単には見つからないよね」

「そうそう。大手はみんなもう決まったガイドを使っているからね。受かったばかりの新人なんて怖くて使わないらしいよ」

「ガイドで食べていくなんて絶対に無理だよね」

　こんな会話を聞いていると、言い返したくなる。

「じゃあ、あなたたち、何のためにここに来てるのよ！」

　もちろん口には出さないが。ちゃんとがんばって生計を立てている先輩ガイドだっているじゃない。みんなからは、

「綾瀬さんはすごいよね。ガイドでは食べていけないから、現役世代で独立する人はほとんどいないのに」

　二十代で通訳ガイドになるのは珍しい、確かにそのようだ。新人と言っても、研修に来ているのは、子育てを終えた主婦か、会社を退職して第二の人生でガイドを始めようとしている高齢の男性が圧倒的に多い。私の親の世代だ。みんなマイナスの発言をしているが、だからといって焦っているようにも見えない。つまり、仕事がなくても困らない人たちだ。

　一方で、研修の講師をしている先輩ガイドの知り合いも増えていった。彼らの多くはガイド専業で生計を立てている。憧れの楓さんもアドバイスをくれた。

「綾瀬さん、桜の季節にはガイドが不足するからきっと仕事が取れるわよ。そのためにも、今からしっかり準備しておくのよ。そこで認められれば、続けて仕事が来るようになるから」

先輩たちと話していると、意欲がわいてくる。

研修を受ける一方で、下見もしている。浅草、明治神宮、皇居、東御苑、築地、銀座、秋葉原、渋谷、原宿、台場、浜離宮、東京タワー、東京スカイツリー、都庁展望室、東京国立博物館、江戸東京博物館、隅田川の水上バスなど、ツアーで訪れそうな場所を次々に下見して回った。

研修受講と下見の両方を並行して行うとすごく勉強になることもわかった。同じ場所でも、まず下見をし、研修を受け、もう一度改めて訪問する。するといろいろな疑問が解ける。最初に下見したときには見逃していたものや、疑問に思ったことが、研修で解決される。さらに再度自分で歩くことによって、すっかり馴染みの場所に変わっていく。こうして東京の観光地がどんどん自分のものになっていくのを感じた。

同時に、今まで何気なく歩いていた東京が刺激に満ちていて、すごく新鮮に感じられるようにもなった。特に築地市場の活気が楽しかった。通訳ガイドになろうと思い立つまでは、場内、つまり卸売市場はもちろんのこと、場外市場にさえ行ったことがなかったが、築地を案内する仕事が多いと聞いていたので、築地には何度も足を運んだ。その甲斐あって、複雑な場内でさえ迷わずに歩けるようになった。でも、せっかく築地の場内市場にも詳しくなったのに、卸売部門は秋に豊洲に移ることになっている。数年前から移転の話は出ていて延び延びになっていたが、ついにこの年の十月に移転することが決定した。

浅草寺も同様だ。以前に初詣で訪れたことはあったが、そのときは表面しか見ていなかった。でも、改めてガイドすることを念頭に訪れると、長い歴史のあるとても興味深い寺院だ。その一方で、謎だらけの場所でもある。なんで門に怖い顔をした像があるのか、なんで大きな提灯があるのか、五重塔には何の意味があるのか、なんでみんな線香の煙を頭に掛けているのか、きっと外国人はこんなことを疑問に感じるのだろう。これらを一つひとつ説明しようと思ったら、日本人相手でも大変だ。でも、そこに面白さを感じるようになった。

観光地に限らず、外国人目線で街並みを見るのも楽しい。自動販売機が多いのも日本独特らしいし、点字ブロックや、音の出る信号機、飲食店の入口にある食品サンプル、水洗式便座など、日本って面白いものに満ちている国だと再発見した。こうしたことを外国人に教えて喜ばれたらどんなに楽しいだろう。なんだかすでに、通訳ガイドの仕事をしているような気分になってきた。これならいつでも本番のガイドができそうだ！

都内の下見がある程度終わると、今度は土日の泊まりがけで、東京近郊の観光地にも足を延ばすようになった。鎌倉、箱根、富士山麓、日光など。知っている場所が増えていくと、いつか日本全体が馴染みの場所になるんじゃないかと思うようになっていった。

計画通り、大帝国物産は八月三十一日に退職した。退職願いを出してからの二ケ月は、通訳ガイド団体の研修に出るために有給休暇を消化するなど休みも多かった。単純作業はほとんど新人の蘭子に引き継いでいたので、私がいなくても部署の仕事は回るようになっていた。大学生活より短い三年半に過ぎなかったが、毎日通った会社に明日からはもう来なくなるというのは、解放感があると同時に寂しいような、不思議な気分だった。

普段の飲み会にはあまり顔を出さなかったが、さすがに最後の日に開いてくれたお別れ会には喜んで参加した。私の挨拶が終わると、先輩社員たちは自分たちで盛り上がり始めたが、係長だけは、気を遣って時々話し掛けてくれた。悲しんでくれたのは蘭子だけだった。

「綾瀬さんと仕事するのがすごく楽しかったのに、いなくなると思うと寂しいし、一人で仕事ができるかどうか不安です」

「桐谷さんならもう一人でも大丈夫よ。がんばってね」

「ありがとうございます。綾瀬さんもがんばってください。通訳ガイドの仕事って大変なんですよね？」

「まだ実際に外国人を案内したことがないからわからないけど、都内の観光地を外国人目線で下見するだけでも楽しいよ」

「私もがんばって試験受けてみようかな！」

するとと係長が近づいてきた。

「おいおい綾瀬君、あんまり桐谷君を焚きつけないでくれよ。彼女まで辞めちゃったらどうするんだよ」

「大丈夫です。私、綾瀬さんの分までがんばりますから」

係長が離れると蘭子は私の耳元でささやいた。

「通訳ガイドの仕事の様子、時々教えてくださいね。私も興味あるんで」

優しい係長や慕ってくれた後輩と別れるのは寂しかったが、いつまでも感傷に浸っているわけにはいかない。明日からは独立するのだ。

九月に入り、まずは旅行会社に履歴書を送ることから始めた。ガイド団体やガイド仲間から情報を得た大手旅行会社を十社リストアップし、インバウンド担当部署に履歴書を送った。その三日後、訪問のアポイントを取るために電話した。まずは一社目。

「先日履歴書をお送りさせていただきました、通訳案内士の綾瀬と申します。履歴書は届きましたでしょうか？」

「ありがとうございます。履歴書は確かに受け取りました」

「よろしければ一度お伺いしてご挨拶させていただきたいのですが」

「仕事をお願いする際はこちらからご連絡しますので、ご挨拶は特に結構です」

「はい、わかりました。では、どうぞよろしくお願いいたします」

一生懸命履歴書を書いたのに、たったこれだけの会話で終わり、唖然となった。これはどういうことなんだろう？　体《てい》のいい断わり？　これ以上できることはないのだろうか？

でも気を取り直して二社目に電話。

「当社は今、新規に通訳ガイドさんの登録は受け付けていません。一応履歴書はお預かりしますので、もし必要があればご連絡します」

えっ、そんなぁ……。だんだんと現実の厳しさがわかってきた。「ガイド試験に受かったからって仕事はないよ」というガイド仲間の言葉が頭をよぎった。いや、こんな言葉に惑わされてはだめだ。次こそ、アポイントを取るぞ。と気合を入れ直したものの、あとの七社からも同じような反応しか得られなかった。

あと一社しかない。三大大手旅行会社の一つ、大日旅行だ。ここがだめだったらどうしよう。いや、ネガティブ思考じゃだめだ。もっと積極性をアピールしなきゃ。ちょっと口調を変えてみた。

「先日履歴書をお送りさせていただきました、通訳案内士の綾瀬と申します。まだ経験は浅いですが、お客様を喜ばせる自信があります！　ぜひ一度お会いさせてください」

すると、今までと違った反応が返ってきた。

「おっ、意欲的ですね。じゃあ一度お会いしましょうか」

「えっ？　あっ、ありがとうございます」

あっさりアポイントが取れて、逆に驚いた。やった、初めてアポイントが取れた！　まるで通訳ガイドの仕事が取れたように嬉しかった。

その一週間後に面接。大帝国物産を退職してから半月が過ぎていたが、半月振りにスーツを着て面接に臨んだ。やはりスーツを着ると気が引き締まる。大日旅行のインバウンド担当者は若くて意欲に溢れた男性だった。

「絶対お客様を喜ばせます！」「どんな仕事でもやります！」と積極性をアピール。相手も、「それは頼もしいですね」と感触は良かった。しかし、最後は、

「今日はこれで結構です。お越しいただいてありがとうございました。仕事がありました

らご連絡させていただきます」

「今日はお時間をいただきまして、どうもありがとうございました」

深く頭を下げて会社を後にした。面接自体は悪くなかったと思う。でもこれって、結局、アポが取れなかった他の旅行会社と同じじゃないのかな？　なんだか複雑な気持ちだった。

その夜、桃也に電話した。この日は少し愚痴ってしまった。愚痴を言うのは好きではないが、相手が桃也だと話は別だ。

「結局、大手の旅行会社十社に当たったったんだけど、どこも履歴書受け取ってくれただけ。会ってくれたのは一社しかなかったんだよ。そこも仕事があれば連絡しますって。こんなんで仕事取れるのかなあ。ねえ、どうしたらいいと思う？」

「まあ、最初はそんなもんだろう。美桜、知ってる？　日本に旅行会社って一万社あるんだよ。たった十社で諦めないで、もっと当たってみたら？　意外と知られていない会社がインバウンドのシェアを伸ばしたりしてるらしいよ。それと最近は外資系の会社も急成長してるって聞いてるしね」

「うーん……」

せっかくアドバイスをくれているのに、成功イメージが持てなかった。他社を回っても、結局大手十社と同じような反応で終わるのではないか。すると桃也は、今度は小さな旅行会社を一社教えてくれた。

「プラムトラベルって聞いたことある？」

「ないけど、どうして？」

「前に派遣の海外添乗員をやってた梅村って奴が始めた会社なんだ。うちの会社でも何度か添乗してもらったことがあるからよく知ってるけど、すごくいい奴だよ。三年前にインバウンド専門の旅行会社を作ったんだって。小さな会社だから、そんなに仕事は多くないかもしれないけど、一応行ってみたら？　すぐに仕事にはならなくても、業界の話を聞くだけでも参考になるかもしれないしね」

「ほんと？　行ってみる！」

「じゃあ、俺から電話しておくよ」

「ありがとう桃也、いつもながら頼りになるよ！」


翌日プラムトラベルの梅村社長に電話した。先に桃也が電話しておいてくれたので、すぐにアポイントが取れ、二日後に履歴書を持って面接に行った。本当に小さな会社で驚いた。オフィスはワンルームだけだった。スタッフも社長以外二人しかいないようだ。この前訪問した大日旅行は、ビルを数フロアにわたって使っていたし、全国に支店もある。規模では比較にならない。こんな小さな会社と仕事して大丈夫なんだろうか、と少し不安もよぎった。

梅村社長は若々しく、ジーンズ姿だったので、とても社長とは思えない雰囲気だった。若いというだけでなく、桃也の知り合いのためか、友人と話しているようで、面接中も緊張せずに話ができた。ただ、いきなりため口で話されたのには少し戸惑いを感じたが。

業界の現状についていろいろと教えてもらえた。私は十社電話したときの状況を正直に話した。

「私、もう少し早く通訳案内士になったほうがよかったのでしょうか？　今年から通訳案内士の業務独占が廃止されましたよね。通訳ガイドをやりたい人が急増したせいで旅行会社の反応が悪かったのでしょうか？」

二〇一七年までは、通訳案内士（現在の名称は「全国通訳案内士」）という国家資格がなければ有償でガイド業務を行えなかった。もちろん無償のボランティアが外国人を案内することは自由であったが。それが、今年の一月から、資格がなくても有償でガイドを行うことが可能になった。これが業務独占の廃止ということ。

「そんなことないと思うよ。旅行会社だって、すぐに無資格のガイドを雇うとは思えないしね」

「じゃあ、なんで業務独占廃止にしたんでしょうか？」

「表向きの理由は繁忙期対策だな。普段は通訳ガイドが足りないなんてことないけど、春の桜が咲くピークシーズンだけは不足するからね。大型クルーズ船が来る地方都市も同じように一時的にガイドが不足してるよ」

「だからといって通訳案内士の数を増やしたら、繁忙期以外の仕事が争奪戦になっちゃいますね」

「それともう一つ裏の理由があってね、俺は中国人対策じゃないかと思ってる。今まで英語の無資格ガイドは少なかったけど、中国語ガイドは法律改正前でも大半が無資格の中国人だったからね。でも、今や中国人は訪日外国人の中で一番多いし、日本製品を爆買いしてくれる、国にとっては大切なお客様。これで無資格ガイドを取り締まったら中国人観光客が来られなくなっちゃうからね。政府としても大きな収入源を失いたくないんだよ」

「通訳案内士って国家資格なのに、そんなの納得できません！」

「俺もそう思うよ。中国人の無資格ガイドがきちんと日本の歴史や文化を説明しているとは思えないしね」

さすが訪日旅行会社の社長だけあって、業界の実情に詳しい。

「ところで話がそれちゃったけど、新人ガイドを使いたくないのは現場をわかってないからだよ。最初は使うのが怖いんだよね」

「どういうことですか？」

「ほとんどの新人ガイドは、外国語で観光地や日本文化の説明ができれば仕事ができるって思ってるんだよ。でも実際にはそうじゃない。わがままなお客様をまとめて、日程表通りにツアーを進めなければならないからね。コミュニケーション力、説得力、リーダーシップ、旅程管理能力、いろんな能力が必要とされるんだ。外国語での観光案内なんて、仕事の一部でしかないんだよ」

「そうなんですね」

「それと今は繁忙期だからね。秋も桜の季節の次に外国人観光客が多いから、旅行会社も新人ガイドを面接する余裕がないんだよ」

「ごめんなさい。私、そんな忙しい時期にお邪魔して」

「いいや、うちは小規模でやってるから、繁忙期って言ってもそんなに忙しくないから気にしないで。でも、ガイドさんから見たら、季節変動があるのは大変だよね。春と秋は忙しいけど、夏と冬は閑散期だから。通訳ガイド専業で食べていくつもりなら、そこをどう乗り越えるかが課題だね」

梅村社長から業界のいろんな話が聞けて、今日は来て本当によかった。それだけでも成果なのに、梅村社長は面接の終わりにこう言った。

「十一月にイギリス人夫婦の東京一日観光の仕事があるんだけど、やってみる？」

えっ、こんな簡単に仕事もらえるの？？？

「はい、もちろんやらせていただきます！」

十社全滅だったのに、こんなにすぐに仕事がもらえるとは。やはりコネって重要なんだなと改めて実感した。

帰りがけに当日の行程表をもらったが、すべて行ったことのある場所ばかりだった。それでもガイドする当日までたっぷり時間があったので、再度行程表通りの順番で下見して回ってみた。電車もどの車両に乗ったら出口に近いかなど、細かいところまで入念に確認した。

「これなら完璧にできる！」

そう確信した。


ところが……。

そう、これが冒頭に書いた仕事だったのだ。せっかくもらえた通訳ガイドの初仕事だったのに、大失敗に終わった。精神的にも肉体的にも疲労に打ちのめされた。もうこの会社からは仕事をもらえない。他の会社で仕事をもらったとしても、うまくできるイメージが持てなかった。この先どうしよう、そう思って途方にくれた。

新宿から自宅のある大山に戻ると、すでに午後八時になっていた。昼間暖かかったのに、吹く風は冷たい。家の近くのコンビニでおにぎりとペットボトル入りのお茶を買った。夕食はいつも母が作ってくれるが、今日は何時に帰るかわからなかったので、夕食はいらないと言ってあったからだ。先輩ガイドのＳＮＳを見ていると、

「仕事が終わった後、お客様に夕食をご馳走してもらいました！」

そんな楽しげな投稿も時々見掛けるので、もしかしたら私もそんなことになるかもしれないと思って、母に夕食はいらないと言って家を出た。今考えると、本当にバカみたいだ。夕食に誘われるどころか、お客様にお礼を言うことさえできなかった。

通訳ガイドになることに反対していた母とは顔を合わせたくなかったので、玄関のドアをそっと開け、こっそりと部屋に入った。おにぎりを食べる前に、とりあえずパソコンの電源を入れ、今日の報告書を書いた。

会社にもよるが、仕事が終わったら基本的に二種類の報告書を提出することになっている。一つはガイド業務内容の報告書。何時から何時までどこを観光し、お客様の反応はど

うだったかなどを報告するのだ。朝の遅刻から、各観光地でのお客様の様子を、会社指定のエクセル形式の書式に細かく記載した。書きながらも、イギリス人ご夫妻の反応を思い出すのがつらかった。

もう一つは経費精算書。交通費や入場料など、ガイド中にかかった実費の報告書だ。今回のツアーでは、電車賃、水上バス代、浜離宮の入場料、中島の茶屋での抹茶代が相当する。当然、自分の勝手な判断で支払ったタクシー代などは請求できない。業務報告書にはタクシーで移動したことを書いたが、精算書には新宿駅から原宿駅までの運賃分だけ記入した。二つの報告書はまずメールに添付して送るが、経費精算書はその後に印刷して捺印し、領収書を添えて郵送することになる。

報告書を仕上げると、すぐにメールに添付して送信した。報告書を終えると桃也に電話しようと思ったが、なんて言ったらよいか迷った。梅村社長は桃也の知り合いだから、あまり愚痴るわけにもいかないし。でも、とりあえず紹介してくれたお礼くらいは言っておかなきゃと思っているうちに、逆に桃也から電話がかかってきた。

「桃也、私も今電話しようと思ってたところ」

「美桜、初仕事どうだった？」

「それが……」

「どした？」

「大失敗で終わっちゃった。待ち合わせ場所に三〇分前に着くように出発したんだけど、事故で電車が止まっちゃって、二〇分も遅刻しちゃったの。お客様はカンカンに怒って、その後も一日中機嫌が悪かった」

「それは災難だったな」

「挽回しようと思って一生懸命説明したつもりだったんだけど、私の説明つまらなかったのかなあ。新人だと思われちゃったのかなあ。お客様、ほとんど反応してくれなかった」

「最初はそんなもんだよ。次からまたがんばればいいよ」

「次って……。もうプラムトラベルからは仕事もらえないよ。それより私、この仕事続けるのムリだよ」

「何言ってんだよ、まだ始めたばっかりじゃないか」

「もうこんなつらい思いしたくない……」

「美桜らしくないな」

「私らしくないって、私って何なの？」

「一年間必死に勉強して試験に合格したんだろ？　美桜はすごいんだよ」

「すごくなんかないよ……」

「もっと自信持てよ」

「……」

「美桜、聞いてるか？」

「聞いてるよ。なんでもっと優しい言葉掛けてくれないの！」

「俺に八つ当たりするなよ。もう一回冷静になって考えろよ」

「もういい！」

一方的に電話を切ってしまった。桃也がせっかく励ましてくれたのに、励ましより同情がほしかった。プラムトラベルを紹介してくれたのに、お礼を言うどころか怒ってしまった。わがままな態度を取ってしまったってわかってる。わかってるけど……。

自分が情けなく思え、涙が溢れてきた。仕事も失い、桃也とも喧嘩してしまった。明日からどうやって生きていこう……。

あれこれ考えているうちに睡魔が襲ってきた。おにぎりもまだ食べていなかったが、ジャケットだけ脱ぐとベッドの上に倒れ込み、化粧も落とさずに、そのまま朝まで眠り込んだ。

翌朝目覚めると、ベッドに入らずに薄着のまま寝たせいか、なんとなく寒気がする。身体の節々も痛い。風邪をひいたのだろうか。それでもシャワーを浴びて、母が用意してくれた朝食を食べた。

「昨日何時に帰ってきたの？　連絡ないから心配してたのよ」

「ごめんなさい。疲れてたから、部屋に入ってすぐに眠っちゃった」

「仕事はどうだったの？」

「うん、うまくいったよ」

「そう？　ならいいけど」

母の反対を押し切って、大手商社を辞めて通訳ガイドになった。大失敗だったなんて言えない。ましてや、通訳ガイドを辞めたいなんて言えるわけがなかった。

朝食を終えると、経費精算書を印刷し、領収書を白紙に貼り付けて、プラムトラベルに郵送するために郵便局に行った。熱っぽさが続くので、帰りには風邪薬を買った。部屋に戻って体温を計ると、三八度あった。薬を飲み、パジャマに着替えてベッドに入った。

これからどうやって生きていこう。不安は募るが、ボーッとして冷静にものを考えられない。母は心配して時々様子を見に来てくれるが、本音は話せない。

それから三日後の朝、ようやく熱が下がり、気分もすっきりした。後悔していても仕方がない。次のことを考えよう。そう思って転職情報サイトを見ようと思った矢先、梅村社長から電話がかかってきた。また怒られるのだろうか。

「はい、綾瀬です」

「おはよう。先日はお疲れ様でした。精算書も届いたし、報告書も読ませてもらったよ」

先日と違って、怒っている様子はない。

「この間は遅刻のことしか言わなかったけど、エリックさんたち、綾瀬さんの根性だけは褒めてたよ。私たちが文句を言っても、めげずに一生懸命ガイドしてくれたって。将来はいいガイドさんになるだろうって言ってたよ」

「えっ、そんなこと言ってくれてたんですか？」

根性だけってなによ、と思ったが、お客様が怒っているだけではなかったことがわかり、少し気持ちが救われた。梅村社長はさらに驚くようなことを言った。

「まあ誰にでも失敗はあるし、お客様も気難しい人がいるからね。もう一回だけチャンスをあげるよ」

あんなに大失敗だったのに、また仕事をくれるなんて、信じられなかった。でも、挽回のチャンスかもしれない。通訳ガイドを辞めるつもりでいたが、もう一度だけがんばってみることにした。

その夜、桃也に電話し、この間怒ったことを謝り、プラムトラベルを紹介してくれたお礼を伝えた。その上で、梅村社長が再度仕事をくれたことを報告した。

「美桜、よかったじゃないか！」

「ありがとう、桃也。なんか奇跡が起きたみたい」

「きっと神様がチャンスをくれたんだよ。次はうまくいくよ」

「うん。通訳ガイドやめようかと思ったけど、もう一回だけがんばってみる！」

「そうだよ、一年以上も準備してきたんだろ。国家試験に受かったんだし、もっと自信を持たなきゃ。それに、美桜は絶対通訳ガイドに向いてるって！」

桃也に言われると、その気になってくる。

「せっかくもらったこのチャンス、活かしてみせるね」

第三章

最高のガイド？　最低のガイド？

美桜のツアー②

2018年12月5日（水）

TOUR
MENU

出発地

汐留
シティーホテル

明治神宮
原宿・表参道
浅草・隅田川クルーズ
浜離宮

訪問先

お客様

マレーシア人夫妻
アレックス・チェン
（46歳）
グレース・ウォン
（41歳）

Notes

初仕事から約二週間後、プラムトラベルからの二回目の仕事をした。

一回目の後、もう仕事はもらえないだろうと諦めていたのに、しかも通訳ガイドを辞めようとさえ思っていたのに、こんなにすぐに次の仕事をもらえるなんて驚きだった。今回もやはりＦＩＴの仕事だ。ＦＩＴはForeign Independent Travelの略。夫婦や家族連れなど、個人のお客様相手の仕事だ。

一方で、まだやっていないけれど大型バスで大勢のお客様をご案内する団体旅行もある。パッケージツアーだけではなく、企業による報奨旅行や展示会などのイベント、スポーツ大会で外国チームに同行するなど、様々な仕事があるようだ。仕事の期間も、空港からホテルへの送迎など数時間で終わるものもあれば、二週間を超える長いツアーに同行することもある。

今回の仕事は、出発ホテルは違うが、行程は前回とまったく同じだった。プラムトラベルの定番の都内観光コースのようだ。万全を期すため、ツアーの前に再度同じコースを下見して回った。

今度は四十代のマレーシア人夫婦。もう失敗は絶対に許されない。集合時刻である九時の一時間前にホテルに到着できるように、朝七時に家を出た。東武東上線で池袋駅に行き、山手線に乗り換えて新橋駅で下車。汐留地区にあるお客様のホテルは、新橋駅から徒歩一〇分ほどである。今回は電車のトラブルもなく、予定通り八時にはホテル前に着いていた。ホテルの近くにファストフード店があったので、コーヒーを注文して、そこで今日のスケジュールを再度確認した。

九時一五分前にロビーに到着。二十五階にあるロビー階から見下ろす東京は、太陽に照らされ輝いていた。お客様の名前を書いたボードを持って待機していると、九時ちょうどにお客様が現れた。二人ともセーターにジーンズというカジュアルな姿だ。手には薄手のコートを持っていた。前回の英国人夫婦のときとは違い、お互いに笑顔で挨拶できた。

「おはようございます。ガイドの美桜です。今日一日よろしくお願いします」

「おはよう。私がアレックス、こちらが妻のグレース。こちらこそよろしく」

これなら気持ちよく仕事できそうだ！　嬉しくなり、心からの笑顔が出た。

前回の失敗を踏まえ、最初に行程の説明をしながら、マイナス要素は全部伝えた。

「明治神宮ではよく結婚式が行われますが、今日は平日なので残念ながら見られないと思います。原宿は若者向けのファッションの街です。日本の伝統文化が見られる場所ではありません。浅草は東京で一番の人混みです。ここでは昼食を予定していますが、何か食べたいものはありますか？　もしアレルギーなどあったら教えてください。浜離宮は日本庭園ですが、あいにく今の時期はほとんど花が咲いていません」

ちょっとネガティブなことを言い過ぎたかな？　でも、現地に行ってがっかりされるよりいいだろう。

「神社やお寺、日本庭園に若者の街、東京のいろいろな顔が見られそうだね。楽しみだな、グレース！」

「ほんとね！　ミオ、今日はよろしく」

新橋駅まで一〇分ほど歩き、山手線で原宿に向かう。今回も観光地間は電車や地下鉄での移動だ。前回の観光ではいちいち切符を買うのに時間がかかった反省から、予め二人分の交通系ＩＣカードを用意しておいた。するとアレックスが、

「ミオはなんて気がきくんだ、素晴らしい！」

そう褒めてくれた。山手線の中で、日本と東京の概要を説明した後は、話好きな奥様と昨日の夕食の話など、楽しく雑談が続いた。

最初の訪問地は明治神宮。原宿駅からすぐの鳥居のところで、神道と仏教の違い、明治神宮の歴史などを説明する。一通り説明すると、写真を撮ってほしいと、カメラを渡された。喜んで撮影する。この日のために覚えたマレー語で「サトゥ（１）・ドゥア（２）・ティ

ガ（3）」と言うと、満面の笑みを見せてくれた。二人の笑顔を見ていると、私まで嬉しくなってくる。

その後も、酒樽が並んでいるところや手水舎など、ところどころで写真を撮ってあげた。説明するよりも写真撮影している時間のほうが圧倒的に長い。文化体験的なものにも関心が強いようだ。手水舎でも説明した通りにきちんとお清めをし、拝殿でも一緒に二礼二拍手一礼の参拝をしてくれた。さらに絵馬まで書いて奉納。二人で話し合い、アレックスが「いつまでも夫婦元気で世界中に旅行ができますように。世界が平和でありますように」と書き、それぞれが署名。同じ明治神宮なのに、前回のイギリス人夫妻と反応がここまで違うことが驚きだった。それに平日なのに花嫁行列まで見ることができ、嬉しいサプライズだった。

次は原宿。竹下通りでの反応も前回とはまるで違った。一〇〇円ショップでは入店して商品をじっくり品定めした。面白い日本語が書かれたTシャツを売っているお店の前でも立ち止まった。彼らはマレーシア人と言っても中華系なので、漢字も読める。「恋人募集中」と書かれたTシャツを指さして笑っていた。中国語では「女友征集中」とか「求交往」などと言うと、紙に書いて教えてくれた。でも、「恋人募集中」でもなんとなく意味が伝わるし、中国語がわかる人には興味深いと言っていた。逆に、ひらがな交じりのものは私から説明してあげた。ハローキティのグッズを売っている店の前を通るとグレースは、「ハローキティはマレーシアでも大人気なのよ」

そう教えてくれた。食にも興味津々のご夫妻は、奥様はクレープ、ご主人はアイスクリームを買って食べた。一週間前にイギリス人夫妻と無言で通り過ぎた同じ街とは思えないほど、この二人は楽しんでくれていた。

竹下通りを抜けると、今度は表参道へ。アレックスに「アンドの建物を見たい」と言われた。

「アンドってなんですか？　&？」

新しいビルだろうか？

「アンドだよ。タドー・アンド」

「そうか、安藤忠雄ですね！」

表参道で安藤の建物と言えば、表参道ヒルズだ。ここは以前に同潤会アパートが建っていた場所。老朽化のために壊され、二〇〇六年に安藤忠雄設計で近代的なショッピングビルに生まれ変わった。内部の通路は、外の道路と同じ傾斜のスロープになっていて、それがスパイラル状に上層階まで続いているのがユニークである。打ち放しコンクリートの壁も安藤の特徴だ。一緒に建物の中に入ると、アレックスは壁に手を触れてすごく感激した。

「おー、これが本物のアンドか！」

どうやら建築に興味がある様子なので、表参道ヒルズを出てからも、伊東豊雄設計のトッズ（TOD'S）や隈研吾のワン・表参道も紹介する。するとアレックスは、

「ミオは建築のことにも詳しいのか！　ここでクマの建築を見られるとは思わなかったよ。教えてくれてありがとう！」

本当はこの三つくらいしか知らないのだが、「どういたしまして」と言うに留めておいた。

夫妻は昼食に寿司が食べたいとのリクエストだったので、浅草では寿司屋に連れて行った。チェーン店だが、値段の割にネタの良さに定評がある店だ。昼時とあって満席だったが待つことにする。五分ほどで中に案内された。昼食代はツアー代金には含まれていなかったが、アレックスはこう言ってくれた。

「ここは私たちがご馳走するよ、ミオはどれにする？」

遠慮して、一番安い握りセットを指さすと、

「こっちのほうがいいだろう」

言い返す間もないうちに、アレックスは店員を呼んで、特上寿司セットを三つ注文した。さらに、３００cc入りの冷酒も注文。お猪口三個付きで。お酒を二人に注いであげると、今度は私に注いでくれそうになった。

「ノーサンキュー」

「お酒が飲めないの？」

「日本酒は好きですが、仕事中ですので」

「私がいいって言ってるんだから、大丈夫だよ。一緒に乾杯しよう」

一杯だけご馳走になることにした。

前回、食欲ゼロでコーヒーだけで済ませたランチと違い、今日はフレンドリーなお客様と特上寿司を日本酒付きで食べられるなんて、天国と地獄だと思った。しかも飛びきり美味しい。私がそう思うくらいだから、二人も味に驚いていた。グレースは、

「この大トロすごい、口の中でとろけていく感じだわ！　マレーシアにも寿司屋はたくさんあるけど、こんなに美味しい寿司は初めて。寿司屋と言っても、中華系マレーシア人が経営している店が大半だしね」

昼食を取りながらも話は盛り上がった。マレーシアの話になると、アレックスが質問してきた。

「ミオはマレーシアの首相が誰だか知ってる？」

「はい、マハティールさんですよね」

「そう。でも、いつ首相になったかは知らないでしょう？」

「確か今年就任したんですよね」

得意げに答えた。今日のガイディングに備えて、マレーシアのことも少し調べておいた。でも、調べは少し浅かった。

「よく知ってるね。確かに、今回首相になったのは今年なんだけど、最初に首相になったのは一九八一年なんだよ」

「まだ私たちが子供の頃よ」とグレース。

「それは知りませんでした」

「就任当時、マハティールはルック・イースト政策を掲げたんだ。イーストというのは日本のこと、つまり日本をお手本にして経済発展をしようという政策だよ」

「そうだったんですか」

「ご存じのように、戦後、日本は高度経済成長を遂げたんだけど、マハティールはその要因が、個人の利益より集団の利益を優先する点にあると考えた。それまでのマレーシアは、欧米を目標にしていて個人主義的な考えが中心だったから、大きな転換だったんだ。それで、マレーシア政府は日本に留学生を送ったり、日本企業の誘致を積極的にするようになっていったんだよ」

「そんな歴史があったんですね」

「その過程で、日本文化もたくさんマレーシアに入ってきたんだ。アニメやドラマもね。僕たちが子供の頃は、『ドラえもん』が大人気だったよ。大人はみんな『おしん』を見てたね」

「『おしん』はタイトルしか知らないけど、『ドラえもん』は私もよく見てましたよ」

「だからね、僕らやその上の年代のマレーシア人はみんな日本に憧れてたんだよ。いつか日本に行ってみたいってね。やっと今回夢が叶った。だから見るもの聞くもの、楽しくってしょうがないんだ！」

「そういうお話を聞くと、私まで嬉しくなります！　ところで、日本のイメージって、来日前と来日した後で変わりましたか？」

「そんなに変わらないよ。映画やドラマで、日本の街並みをよく見ていたからね。だから、『あの映画に映ってた街だ！』っていう印象かな」

外国人といっても、日本に対するイメージは国によって、いや人によるかもしれないけど、様々なんだなと思った。前回のイギリス人夫妻は『将軍』のイメージで日本にやって来たし、今回のマレーシア人夫妻は現代の日本も知っている。通訳ガイドというのは日本のことを外国人に伝えるだけだと思っていたが、逆に外国人が日本に持つ印象も知ることができて、面白い仕事だなと改めて思った。

食後は浅草寺の観光。前回は混雑している雷門で人混みを見たシャーリーに「オー・マイ・ゴーッド！」と驚かれ、観光を拒否された。今回も否定的な反応をされるんじゃないかと内心ビクビクしていたが、そんなことはなかった。雷門で何枚も写真を撮った後、門を通り抜けて仲見世通りに入ると、アレックスは、

「おー、ここは素晴らしい！　日本のお土産がなんでもある！」

まるで違う反応だったことに、逆に驚いた。先に浅草寺を案内してから、帰りに仲見世通りでショッピングしてもらおうと思ったけれど、この興奮状態に水を差してはいけないような気がして、彼らの好きにさせることにした。着物を売っている店では、二〇分近くも夢中になって選んでいた。人形焼きも手作りしている様子を見た後、一袋お買い上げ。宝蔵門に着いたときには、すでに雷門から四〇分も経っていた。よし、ここから浅草寺の案内をするぞ、と気合いを入れたが、今度は二人とも写真撮影に夢中になり始めた。

「この門（宝蔵門）をバックに二人の写真を撮ってよ」

「今度は五重塔ね」

仏教の説明をしようとしたら、

「私たちも仏教徒だから、別に仏教の説明はいらないよ。あっ、でもあれは何？　みんな大きな箱を振ってるけど」

「あれはおみくじです。あなたの運勢がわかりますよ。でも、凶もたくさん入ってるから、気にされるならやめたほうが……」

話が終わらないうちに、ご主人が箱を振り始めた。

「待ってください。最初に一〇〇円奉納してください」

結果は二人とも大吉。浅草寺のおみくじは凶が多いことで有名なので、大吉が二回も続くのは珍しい。でも、これだけ積極的に旅を楽しんでいる二人なら、観音様も味方してくれるようだ。特にグレースの旅行運は「北東への旅行は良し」だった。マレーシアの北東にあるのは日本だ。こうして、一時間半掛けて浅草寺観光は終了した。

さすがに二人とも疲れたようで、隅田川クルーズの水上バス内ではウトウトし始めた。最初はアナウンスの合間に私も説明していたが、途中からは静かにしていた。

浜離宮では花こそあまり咲いていなかったが、木々の葉は赤や黄色に色づいてきれいだった。のどかな池の景色と背後にそびえる高層ビル群との対比に二人は興味を示した様子。散策と写真撮影を存分に楽しんでもらえたようだった。抹茶も二人とも「美味しい！」と言って飲んでくれた。聞いたところ、マレーシアでは抹茶を使った日本のスナック菓子が大ブームだそうだ。

建築に興味のあるご主人、浜離宮から歩いてホテルへ戻る途中で中銀カプセルタワービルを見つけた。ユニークな外観が特徴的だ。

「あれは何？」

「あれは、黒川紀章という建築家が設計したカプセル型のマンションです。一部屋の広さは約一〇平方メートルですが、ちゃんとバス・トイレ付きなんですよ」

以前にガイド仲間とここを訪れていたので、内部の様子まで説明することができた。ここでは時々部屋のオーナーによるガイドツアーが行われている。タブレットで写真を見せてあげると、ご主人は食い入るように写真を見つめた。

十二月上旬で日が短いので、午後五時近くにホテルに到着すると、すでに辺りは薄暗くなっていた。今日は写真撮影とショッピング中心で、私の出番はあまりなかったような気がする。通訳ガイドの仕事をしたという実感がほとんどなかった。それにもかかわらず、別れ際にアレックスは、

「君のおかげで今日はすごく楽しかったよ！　君は最高のガイドだ。本当にありがとう」

握手してくれた手の平に、何かごわごわした感触があった。あっ、もしかして……。折って小さく畳んだお札のようだ。ちらっと見ると、なんと五〇〇〇円札だった。

「どうもありがとうございました……」

お礼の声は涙声になった。

翌日、プラムトラベルの梅村社長から電話がかかってきた。また怒られたらどうしよう。緊張して電話に出る。

「お客様、とっても喜んでいたよ。最高のガイドを付けてくれてありがとうって。これからもこの調子でがんばってね！」

「ありがとうございました」

携帯電話を握りしめながら深くお辞儀した。あー、なんとか首がつながった！　全身から力が抜けるのが感じられた。改めて通訳ガイドとしてがんばっていこうと思った。初回の仕事ではあんなにつらい思いをして、会社を辞めて通訳ガイドになったことを後悔したのに、今はこの仕事が向いているんじゃないかとさえ思い始めている。自分の気持ちがこんなにも変化しやすいことに驚いた。

それにしても不思議なのは、お客様によって反応がこれほど大きく異なることだ。初回のお客様は何を説明しても無反応だったのに、今回のお客様はすべてを楽しんでくれた。桃也にも聞いてみた。

「お客様はとても喜んでくれたけど、私、全然うまく説明できなかったよ」

「説明の良し悪しよりも、お客様が楽しんだかどうかが一番大切だよ。俺だってそうさ。添乗が順調にいったこととお客様の満足度は必ずしも比例しないしね」

「そういうものなのかなあ。良い説明ができるようにお金と時間を掛けて準備してきたのに、なんか腑に落ちないなあ」

「でもよかったじゃないか。お客様が喜んでくれて」

その後もプラムトラベルからは時々仕事の依頼がくるようになった。また、面接に行った大日旅行からも電話がかかってきた。やっぱり面接に行った甲斐があったようだ。履歴書を送った会社の一つ、中央日本トラベルではメーリングリストに入れてもらえ、時々複数の通訳ガイド宛てに一斉メールで仕事のリクエストがくるようになった。

複数の会社とつながるようになると、いくつかのパターンがあることがわかってくる。旅行会社からガイドの仕事のオファーが来たら、即決が肝心だ。名指しでメールがくる場合は、たいてい「○月○日までにご返信ください」と期限が切ってあるが、複数のガイド宛てに一斉メールが送られてくる場合は早い者勝ちということが多い。だから迷っていてはだめだ。行ったことのない場所が入ってるけど、できるかなあ？　どうしようかなあ？　下見に行くスケジュールを調整して、明日返事しよう、なんて考えているともう遅い。翌日に決意して「お受けしたい」というメールを送っても、「もうガイドは決まりました」となる。

一方、こんな旅行会社もあるから油断はならない。

大日旅行からかかってきた電話では「来週の火曜日空いていますか？」と聞かれた。どんな仕事なのか、日当はいくらなのか、何も知らされずただ予定だけを聞いてきた。不安もあったが下見する時間もあるので、即決が肝心と思い、

「はい、空いています！」

元気に返事をすると、実はこんな内容だった。

「では、来週の火曜日、ホテル送りのお仕事をお願いします。東京駅で新幹線から降りてくるお客様をお迎えして、タクシーで銀座のホテルまで連れて行ってください。チェックインしたら業務は終了です。あっ、それからガイド料は三〇〇〇円です」

「ありがとうございます」

明るくお礼を言ったものの、日当三〇〇〇円は悲しい。仕事自体は三〇分ほどで終わるだろう。時給換算したら六〇〇〇円となり、一見するとすごく割のいい仕事のように思える。でも、この仕事を入れたらこの日に他の仕事を入れることができず、結局日当は三〇〇〇円止まり。もしこんなことが続いたら、仮に月に二十日間働いたとしても、月収六万円にしかならないということだ。ため息が出る。

でも、こういう仕事の積み重ねが大きな仕事につながると信じて、三〇分の仕事でも入

念に準備して取り組んだ。

またこんなこともあった。中央日本トラベルで一度決まった仕事が三日前になって急にキャンセルされた。ツアーの担当者は言った。

「申し訳ありません」

えっ、それだけ？　思い切って質問してみた。

「あの、こういう場合はキャンセル料とかって、いただけないものなんでしょうか？」

「当日の場合には一〇〇％、前日は五〇％お支払いしますが、それ以前ですとお客様からもキャンセル料は取れないので、ガイドさんにもキャンセル料を払えないんです。ご了承ください」

そんな簡単に言わないでよ！　と思う。思うが、もちろん口には出せない。

「もし正社員のあなたが、『来週の月曜日、仕事休んでください。その分は月給から減額させてもらいますね』なんて言われたらどう思う？」

そう言ってやりたい。言えないけど……。

この一ケ月半の間にＦＩＴ（個人客）の仕事を五回行い、少しずつ慣れてきた。初回のようなクレームをもらうこともなくなった。

また、仕事の合間に少し遠くの観光地へも下見に行くようにした。今は都内観光のみだけれど、そのうちにもっと長い日程の仕事も受けてみたいからだ。

三泊四日で行った京都・奈良・大阪は、下見という仕事の一環でありながら、楽しい旅だった。京都と奈良は中学の修学旅行でも行っていたが、金閣寺と東大寺の大仏をおぼろげに記憶しているだけで、その他はどこに行ったかまったく覚えていなかった。勉強したはずの歴史も記憶に残っていない。

下見に行ったときもやはり多くの修学旅行の生徒たちが来ていた。みんな日本人ガイドさんが話す歴史を聞いている様子はなく、写真を撮ったり、おしゃべりに夢中だった。この子たちに言ってやりたかった。

「将来通訳ガイドになったときに役立つから、ガイドさんの話、しっかり聞いておいたほうがいいよ」

でも修学旅行生にではなく、本当は中学生だった頃の自分に言ってやりたかった。

美桜のツアー③

2018年12月24日（月）

出発地

ハイランドホテル
六本木

TOUR
MENU

明治神宮
渋谷
東京国立博物館・谷中
皇居東御苑

訪問先

お客様

ドイツ人夫妻
クラウス・シュミット
（50歳）
マルグリット・シュミット
（52歳）

Notes

十二月下旬、プラムトラベルからＦＩＴの仕事が入った。行程はいつもと違うが都内一日観光だった。

お客様のドイツ人夫妻とは六本木のハイランドホテルで待ち合わせとなっている。初回以降、もう遅刻することはなかった。今日は月曜日だが天皇誕生日の振替休日。またクリスマスイブでもある。ロビーではクリスマスツリーを中心に、きらびやかな装飾が空間を埋めていた。

シュミット夫妻は約束の五分前に現れた。二人ともダウンコートを着ているが、その下は長袖シャツにジーンズ。十二月下旬にしては薄着だ。歩きやすそうなスニーカーを履いている。ご主人のクラウスは大きなカメラを首から提げている。カメラには詳しくないが、キヤノン（Canon）のロゴが付いているのを見つけて嬉しくなった。「日本製品を使っていること、イコール日本が好き」と感じるからだ。もちろん私の思い込みに過ぎないが。

二人とはお互い笑顔で握手を交わした。クラウスはおっとりした印象だが、マルグリットは笑顔ではあっても鋭い目付きに少しきつい印象を受ける。主導権を握っているのはマルグリットだと一目でわかった。挨拶の後聞かれた。

「あなたはプロのガイドなのよね？」

「はい。全国通訳案内士という国家資格を持っています」

私は首から提げている通訳ガイド証を見せながら説明した。

「じゃあ、今日はよろしくお願いね」

「わかりました！」

元気に返事したが、なぜプロのガイドかと聞かれたのか気がかりだった。年齢よりも幼く見えたからだろうか？　あるいは新人っぽい印象を与えたのだろうか？

今回の行程はいつもと違うが、最初の訪問地はいつもと同じ明治神宮。ジーンズにスニーカーの二人を見て歩く気満々だと思い、少し遠いが乃木坂駅まで歩き、新国立美術館の外観を見せた。新国立美術館の建物はクラウスのお気に召したようで、嬉しそうに何枚も写真を撮った。ここへ寄って大正解だった。この調子で、今日はよい一日になりそうな予感がした。

乃木坂駅から千代田線に乗り、明治神宮前駅で降りた。明治神宮に到着すると案内を始めたが、馴染みの場所だけに油断していた。今までのお客様は説明をすると、それ以上は質問してくることがあまりなかったので、外国人観光客なんてそんなものだと思い込んでいた。でも、好奇心旺盛なドイツ人夫妻は違った。

明治神宮の本殿に近づくと、木々の上に高層ビルの上部が見える。ＮＴＴドコモのビルであるが、まだこのときには知らなかった。すると、マルグリットが尋ねてきた。

「あそこに見える建物は何？」

「えっ？　なんだっけ……。えーと、えーと……」

一瞬の沈黙があったが、マルグリットは笑顔でこう言った。

「大丈夫よ、気にしないで」

それでこの話題は終わった。

一方ご主人のクラウスは写真を撮るのが趣味のようで、一眼レフの大きなカメラをそこら中に向けていた。本殿に近づくと声を掛けた。

「本殿は写真撮影できませんので、ご注意ください」

「えっ、なんで写真撮っちゃいけないの？」

「それは、えーと……、そういう決まりなんです」

「なんでそういう決まりがあるの？」

「わかりません。でも、明治神宮がそう決めているんです」

同じ説明を繰り返すことしかできなかった。曖昧なことを答えてはいけないと思ってこのように応答した。こんなやりとりが何回か続いた。さすがに「わからない」ばかりでは申し訳ないと思い、次には別の対応を考えた。すぐに調べればよいのだ。

明治神宮の鳥居を出ると近代的なビルが目に入ってくる。

「あのビルの窓にある赤い逆三角形は何？」とマルグリット。

確か消防に関係あるものだったような……。

「すみません、はっきりわからないので、調べてみますね」

スマホを取り出して調べようとすると、マルグリットは、

「いいえ、ちょっと気になっただけだから。いいのよ、気にしないで」

質問は多いが、いい人でよかった、とちょっとホッとした。

次は渋谷。原宿から一駅と近いが、時間が限られているので山手線に乗った。渋谷駅のハチ公口から出ると、まずハチ公像を説明し、それから交差点を渡った。渋谷スクランブル交差点は外国人に人気がある。ここでは歩行者用の信号が同時に青になり、ピーク時には三千人が一斉に渡ると言われる世界で一番混雑する交差点だ。『ロスト・イン・トランスレーション』などの映画にも登場している。またハチ公も、リチャード・ギア主演でハリウッド映画（『ＨＡＣＨＩ 約束の犬』）にもなっているので有名である。

クラウスは交差点を渡りながら、真剣に何度もシャッターを押していた。歩行者用信号が点滅し始めても交差点の真ん中から動かないので、慌てて手を引いて反対側に渡る。交差点を二往復すると、今度は、

「どこか上から交差点を見下ろせる場所ないかなあ？」

「では、渋谷駅の通路に行きましょう」

自信を持って山手線と井の頭線の間にある連絡通路に案内した。ここからなら交差点が見渡せる。でもそこに連れて行くとクラウスは、

「いや、こんなところじゃなくって、もっと高いところから見下ろせないの？」

「あとは、向かいに見えるスターバックスからも見下ろせますよ」

「もっと高い場所があるはずなんだけどなあ」

それ以外知らなかったし、スマホで調べてもすぐにはわからなかった。

「まあいいよ、ここで」

クラウスは何枚か写真を撮ったが、不満げな表情を浮かべていた。その当時、渋谷スクランブルスクエア最上階の渋谷スカイはまだできていなかったが、マグネットというビルの屋上からは見下ろすことができた。でも、このときの私は、それを知らなかった。

その後、また山手線に乗って上野に向かった。上野までは地下鉄銀座線で行ったほうが早いが、ほんの二、三分の違いである。それならば外の景色が見えるほうがよいと思って、山手線を選んだ。クラウスは車窓からも写真を撮っていたので、我ながらよい判断だと思った。

お昼前の時間だが、行程の関係で、上野ではまず昼食にした。日本文化や日本食のことも予習してきている彼らは、「しゃぶしゃぶが食べたい」と言っていたので、駅近くの飲食店が複数入っているビルに案内した。

しゃぶしゃぶは夕食になると結構な値段になるが、ランチなら一五〇〇円程度で食べられる店が多い。ただし、肉の質を上げるとそれに応じて値段も高くなる。輸入牛肉、国産牛、黒毛和牛、神戸牛と値段が上がっていく。ご馳走するから一緒に食べようと言われ、三人で鍋を囲んだ。シュミット夫妻は国産牛を選んだ。肉はテーブルに持ってきてもらえるが、野菜はバイキングテーブルから自分で取ってくる形式になっている。ビールを飲み始めた二人には席で待っていてもらい、私がみんなの分の野菜を取りに行った。

鍋の湯が沸騰し、野菜を鍋に入れると、牛肉が席に運ばれてきた。ポン酢とゴマ、二種類のタレを器に入れてあげ、肉を湯に浸けて調理する実演を見せる。マルグリットは興味深そうに、私の手の動きを眺めていた。クラウスはもちろんカメラのファインダー越しに見ていて、何枚も写真を撮った。その後、箸を取って、自分たちでもやってみた。クラウスは少しぎこちないが、マルグリットは箸の使い方に慣れているようで、上手に肉を取り、湯でしゃぶしゃぶした。

「楽しいわね、これ！」

「はい。日本には、このように自分で調理しながら食べる料理がいくつもあるんですよ」

「野菜はもう食べていいの？」

「はい、もう大丈夫です」

食事をしながらも、マルグリットは質問が多かった。私が普段何を食べているのか、どんな家に住んでいるのか、家族と同居しているのか、日本人は社会人になっても家族と一緒に住むのか、とにかく日本人の暮らしにすごく興味があるようだった。私も自分のことならなんでもすぐに答えられる。マルグリットも知的好奇心が満たされたようで、始終笑顔だった。クラウスは、相変わらず食事しながらも写真を撮っていた。

食事タイムはお客様と仲良くなれるチャンスであるし、日本に来た目的を伺うこともできる。気難しかったイギリス人夫妻からも、フレンドリーなマレーシア人夫妻からも、旅の目的を聞き出せた。今回も聞いてみようと思った。

「お二人は、なぜ日本に来ようと思ったのですか？」

「クラウスの写真撮影が一番の目的ね。今まではヨーロッパ中心に旅行したけど、陸続きの国々は、どこへ行ってもそう大きくは変わらないのよ。街の中心には大聖堂と市庁舎がある。街によっては城壁で囲まれているわ。城壁の街はドイツに多いのよ。ローテンブルクなどロマンチック街道沿いの街には日本人観光客もたくさん来てるみたいね」

「私もロマンチック街道にはいつか行ってみたいです」

「クラウスはヨーロッパでもたくさん写真を撮ってコンクールに応募してるんだけど、結構入選した作品も多いのよ。ちょっと待ってね」

マルグリットはそう言って、スマホでドイツの写真コンクールのサイトを見つけ出して見せてくれた。

「わー、きれい！」

フランスのモン・サンミッシェルを麓から見上げるように撮った写真だった。他にもマルグリットはスマホのフォトアルバムから次々と写真を見せてくれた。イタリアのベニスなど、誰でも知っているような場所から、聞いたことのない小さな街の礼拝堂、街角の人物を写したものまで様々だった。

「今度はまったく違う文化の国に行ってみようということになったの。それで日本を選んだのよ。ヨーロッパの街並みとはまったく違うものね。ガイドをお願いしたのも、いい写真を撮れるスポットを教えてほしかったからなの」

だから渋谷でも、どこから写真を撮るかにこだわっていたのか。私はガイド役をうまく果たせていないことが恥ずかしかった。

「それとね、私は世界中のいろんな文化に興味があるの。仕事は大学の准教授。社会人類学を教えてるのよ。だからヨーロッパと異なる日本文化はすごく興味深いわ」

マルグリットの質問攻撃の理由がわかった。二人の関心のありかがわかったのはよかったが、それに十分応えられる自信はなかった。

午後は、まず東京国立博物館へ。通常月曜日は休館日だが、振替休日の今日は開館していることを事前に確認しておいた。ここでは常設展が見られる本館を中心に、アジアやエジプトの美術品を展示する東洋館、大正天皇のご成婚を記念して造られた表慶館、奈良の法隆寺から皇室に献納された仏像などを展示する法隆寺宝物館、二十年ほど前に造られた平成館などがある。企画展も含めてすべて見学するとなると、丸一日、いや一点一点じっくり鑑賞するなら数日かかる。ただ、外国人をガイドするために訪れるときは一時間ほどしか滞在しないことが多いので、基本的に本館だけ案内すればよいとのこと。

今日も行程表では本館だけの見学だった。二階は「日本美術の流れ」がテーマで、「縄文時代」から始まり、「仏教の美術」「武士の装い」など、主に時代順に作品が展示されている。一階は彫刻、漆工、金工など、「ジャンル別」の展示となっている。日本の博物館や美術館は写真撮影禁止の場所が多いが、ここでは写真が撮れるので、クラウスも満足げだった。

「この土器の造形はとっても美しいね！」

縄文式土器を見ながら興奮していた。彼は一人で写真撮影をしていたので、私はマルグリットに説明をしながら歩いた。解説も主だったものは英語で書いてあるためか、質問が多いマルグリットも静かに見学してくれた。

二人とも興味深そうに見学はしていたが、どちらかというと展示品よりも実際の街並みの見学に時間を取りたいとのことで、約一時間で博物館を出た。

ここからは徒歩で谷中方面に向かう。谷中は東京の中でも古い一軒家やお寺が多く残っている地域であり、下町の雰囲気が味わえる。美術館やギャラリー、民芸品や和菓子を売る小さな店なども多く、周辺の根津や千駄木なども合わせてゆっくり歩くとなると半日はほしいところである。でも、今日は一時間弱しかないので、まずは上野に近い谷中霊園まで歩き、木造の家並みを通りながら谷中のシンボル築地塀《ついじべい》を見て、谷中銀座を散策することにした。

谷中霊園では例によってマルグリットから矢継ぎ早に質問が飛び出した。

「日本では火葬するの？　土葬なの？」「ここはお寺の境内？」「お墓の数は全部でいくつあるの？」「墓地は買うの、借りるの？」「お墓には何人くらい一緒に入るの？」「みんな年に何回くらいお墓を訪れるの？」「お墓の後ろに立て掛けてあるスキー板みたいなのは何？」

よくこれだけ質問が思いつくものだと思う。私に答えられる質問もあれば、答えがよくわからないものもあり、どうしても、「わかりません」が多くなる。まだまだ勉強が足りないと反省することしきりだった。でも、「わからない」と言うと、マルグリットは、それ以上は突っ込んで聞いてこない。クラウスは相変わらず写真撮影に忙しい。大小様々なお墓を、いろいろな角度から撮影していた。

木造家屋の並ぶ町並みも、二人とも興味深そうに見ていた。同じ東京なのに、渋谷の喧騒とはまるで違う雰囲気なのが不思議なようだった。

谷中銀座は、小さな商店街だが活気に溢れている。道幅が狭い分、余計に賑わいが感じられる。元々は地元民のためのローカルな商店街だったが、最近は日本人、外国人問わず、多くの観光客が訪れるようになり、土産物を売る店も出始めている。英語や中国語の表記も見掛ける。マルグリットは総菜屋に特に興味を持ったようだ。コロッケが一個三〇円という安さで売っているのを見て驚いていた。どんな味がするのか聞いてきたので、一つ買ってあげた。クラウスと半分ずつ食べたが、とても気に入ったようだった。

最後の訪問地は皇居の東御苑。千駄木駅から千代田線で大手町駅まで移動した。皇居観光と言えば、二重橋を訪問することもあるが、歴史を知りたい人には東御苑のほうが興味深い。皇居は今でこそ天皇・皇后のお住まいだが、かつては徳川将軍の居城だった場所だ。

日本人でさえ、そのことは忘れがちである。一八六七年の大政奉還の翌年、十五代将軍慶喜は江戸城を明治新政府に明け渡した。そこに、京都にお住まいだった明治天皇が移ってきたのだ。それにより、江戸は東の京、すなわち東京と名前を変え、名実共に日本の首都となった。

二重橋は皇居への正門であるが、その辺りは江戸時代には西の丸と呼ばれ、江戸城の敷地内では西のはずれである。江戸城の本丸は、大手門から入り、三の丸を通って行ったところにあった。大手門から入ると、枡形と呼ばれる城としての防御機能がわかる。敵が入口の小さな門、高麗門を通って枡形に進入すると、直進できずに右折することになる。すると右折した側にある大きな渡櫓門の二階から敵に向かって鉄砲が発射されることになるのだ。実際には江戸城が攻撃されることはなかったが。

さらに同心番所や百人番所、すなわち今で言う警備室の前を通り、曲がりくねった坂を上っていく。すると、急に視界が開け、江戸城の本丸があった場所に出る。ここには建物は残っていないが、一番奥には天守閣の土台が見える。天守閣は一六五七年の明暦の大火で焼失して以降、土台だけ造り直したが、結局再建されなかった。

私はそんな歴史を説明しながら、シュミット夫妻と一緒に江戸城跡を散策した。二人とも興味深そうに話を聞いてくれた。汐見坂を下り、最後は二の丸庭園へ案内する。ここにはかつて、将軍の別邸やお世継ぎの御殿が建てられていた。現存する庭園も、かつて名作庭家の小堀遠州が造った庭園と同じ場所であるが、火災の度に再建を繰り返している。

ここでは、春になると桜をはじめ、サツキ、菖蒲、藤などがきれいに咲くが、十二月にはほとんど花が咲いていない。それでも、小さな池にはヒレナガニシキゴイという変わった鯉が泳ぎ、小さな滝の風景も美しい。クラウスは日本的な景色に喜んでいた。マルグリットは植物にも興味があるようで、表面がツルツルした木の名前を聞いてきた。サルスベリは私でも知っている。英語でcrape myrtleという。でも発音が通じない。イントネーションを変えて何度も発音するが伝わらない。マルグリットも聞くのを諦めた。

「わかったわ。もういいわ。大丈夫だから気にしないで」

「気にしないで」は英語では“Don't worry.”や“Never mind.”

今日は、二人に何度もこの言葉を言わせたことを反省した。でも、それ以上は突っ込まれないので、大きな問題ではないだろう。ホテルにお送りした後、別れ際に二人からは、

「ミオ、今日は君と一緒に過ごせて楽しかったよ」

「私もよ。いい思い出ができたわ」

そう言って握手してくれたので、説明や案内はうまくできなかったものの、お客様は楽しんでくれたものと思い、それほど深刻には受け止めていなかった。

ところが約一時間後、梅村社長から電話がかかってきた。

「はい、綾瀬です」

するといきなり怒鳴られた。

「お客様が怒ってたぞ。ガイドが何にも知らないって！」

「申し訳ありませんでした」

携帯を握りしめながら頭を下げる。

「渋谷の展望台の案内ができなかったんだって？　最低だなあ。お客様がっかりしてたよ。そんなのベテランガイドならみんな知ってるぞ」

「……はい」

「もちろん、すべての質問に完璧に答えろって言ってるんじゃないよ。でも、渋谷観光なんて定番中の定番だろう。ちゃんと準備してからガイドしてくれよ」

「……はい、もっと勉強します」

何も言い返せなかった。

「二回目のクレームですからね。申し訳ないですけれど、しばらくは仕事をお願いできなくなります。当社の決まりですから。勉強し直して、自信がついたらまた連絡ください」

突然敬語で話され、逆に突き放されたような冷たさを感じた。本当にしばらく仕事を干されるんだ。"Don't worry."や"Never mind."は「気にしないで」ではない。本心は「がっかりだ！」なのだ。通訳ガイドの仕事は難しい。私は改めて思った。

その夜、そうクリスマスイブの夜、一〇時になって桃也から電話がかかってきた。桃也とは初回の仕事の後、一度気まずくなったが、私から謝りの電話を入れた後は、また元通りの仲に戻っている。

「美桜、クリスマスは一緒に過ごせなくてごめん。今日も今やっと仕事が終わったところだよ。年末年始に海外旅行に行く日本人が多いから、年末までめちゃくちゃ忙しいんだ」

「振替休日なのに大変ね」

「うん。土日も祝日も関係ないからね。ところで、仕事のほうは順調？」

「うーん……」

「どうした？　元気ないな」

「ガイドの仕事って、思ってたよりずっと大変。なかなかお客様を満足させられなくって」

「どうしちゃったんだよ。二回目のガイドの後は、お客様がすごく満足してくれたって、あんなに喜んでたのに。確かマレーシア人夫婦だったたっけ？」

「あのときは、たまたまうまくいったのよ。今日はガイドが何も知らないって言われちゃった。梅村社長にも怒られた。しばらく仕事はくれないって。私向いてないのかなあ」

「そんなことないよ。梅村が、美桜は人に与える印象がすごくいいって言ってたよ。俺もそう思う。すごくいいと思うよ、第一印象は」

「なによそれ。第一印象だけ良くて、中身はないみたいじゃない！」

「ははは、そこまでは言ってないだろ。でも、元気が出てきたようでよかった」

「ずるい！　なんか、いつも桃也のペースに乗せられちゃうんだよね」

「またやめたいなんて言い出すんじゃないかと思って心配したけど、もう安心だね。後は、知識がもう少し増えれば怖いものなしだよ」

「ありがとう、励ましてくれて」

「ところで、まだ個人客ばっかりでグループツアーやってないんだろ？　グループは個人とは違う面白さがあると思うよ」

「そうかなあ」

「うん。いろんな種類の仕事してみれば、そのうち自分の得意分野がわかってくると思うよ」

「そうだね。いろんな仕事してみるよ。ねえ、元日は一緒に初詣行けるでしょ？」

「もちろん！　元日はちゃんと休めるよ」

第四章

貯金がどんどん減っていく！

大晦日は例年通り両親と一緒に「紅白歌合戦」を見ながら年越し蕎麦を食べた。番組の最後にクラッカーが鳴り響いた直後、「ゆく年くる年」が始まってテレビの音が急に静かになる。画面も薄暗くなる。動と静のコントラストとでも言うのだろうか、この瞬間が好きだ。この感覚、欧米人にもわかるのかな？

テレビから流れる除夜の鐘の音を家族でしばらく聞きながら、静かに新年を迎える。二〇一九年の始まりだ。年を越すと、両親ともテレビの前から立ち上がったので、私もお風呂に入って寝た。

翌朝はいつも通り七時に起床。

「あけましておめでとうございます。今年もよろしくお願いします」

家族で新年の挨拶をして、母の作ったおせち料理をみんなで食べた。子供の頃から一番好きなのは伊達巻だ。今年もやはり伊達巻が一番美味しかった。

食事が終わると、九時過ぎに家を出た。これから桃也と初詣に行くのだ。玄関まで母が見送りに来た。

「どうなの、柏崎さんとの仲？　結婚とか考えてないの？」

私も今年は二十八歳になる。母としては娘の将来が心配なのだろう。

「仲良くお付き合いしてるよ。まだ結婚の話とかは出ないけど」

「美桜から結婚話をほのめかしてみたら？」

「そんなことできるわけないでしょ！」

「まあそのうち、一度家に連れていらっしゃい」

「わかった。じゃあ、行ってくるね！」

家に連れてきたりしたら、母が結婚話を持ち出しかねない。そんなことされたら、たまらないよ。そう思いながら玄関を出た。


東京に住んでいる多くの人は、神社なら明治神宮、お寺なら浅草寺に初詣に行くが、これらは二大激混み初詣スポットとして有名な場所。明治神宮にはなんと、正月三が日で三百万人が訪れる。東京都民の実に四人に一人が訪れる計算だ。こんなに混んでいる場所には行きたくない。

私の提案で根津神社に行くことになった。ここはツツジの名所として有名で、四月からのつつじまつりの頃には大混雑するが、初詣のときにはそれほど混み合わないことがわかっていた。

東京の下町と言われる谷中、根津、千駄木は通称「谷根千」と呼ばれ、日本人でも散策する人が増えているが、最近は外国人も多く訪れるようになった。先日もドイツ人夫妻を谷中に案内したが、この辺りには神社仏閣や墓地、古い民家、伝統工芸品を扱う店などが多く、訪れた外国人たちは、高層ビルが建ち並ぶ東京にもこんな場所があったのかと一様に驚く。私も谷中以外にも根津神社を含めてこの地域には何度か下見に訪れたことがあったので、まだ行ったことがないという桃也を案内することにした。

待ち合わせの一〇時より少し前に日暮里駅に到着すると、すでに桃也は待っていた。朝早く待ち合わせたのは、根津神社はお昼に近づくにつれて、少しずつ混み始めると聞いていたからだ。

「あけましておめでとう！」

お互いに新年の挨拶を交わすと、私は桃也の腕を掴んで歩き出した。根津神社の最寄り駅は千代田線の根津だが、二人とも日暮里駅のほうが便利だし、桃也に谷中銀座や古い町並みも見せたかった。元日朝の谷中銀座はさすがにほとんどの店が閉まっていたけれど、静かな町並みを二人で歩くのは楽しかった。私はガイド役になって、自分の知識を桃也に披露した。

「さすがガイドさん、詳しいね」

「今日はガイド料たっぷりもらいますからね！」

軽口を叩き合いながら、楽しく根津神社に向かった。入口の鳥居をくぐると、境内には露店がたくさん出ていた。お好み焼き、焼きそば、フライドチキン、じゃがバター、それにフリーマーケットのように古着や雑貨を売る店も出ていて賑やかだった。その割に参拝客はそれほど多くはなく、列に並ぶと五分ほどで社殿の前に出た。桃也と一緒にお賽銭を投げ入れ、二礼二拍手一礼でお参りした。

（どうか、今年は通訳ガイドとして一人前になれますように。桃也ともずっと一緒にいられますように）

社殿の前を離れると、桃也が聞いてきた。

「何お願いしたの？」

「いいガイドになれますように、って」

「それだけ？」

「なによ、それだけって。じゃあ桃也は？」

「俺はさあ、まあ、いろいろだよ」

「何、いろいろって？」

するとと桃也にいきなり抱きしめられた。

「えっ、なに？」

しばらく無言で抱きしめられた後、耳元でささやかれた。

「一回しか言わないからな。ずっと美桜と一緒にいられますように、って」

「ありがとう。桃也が支えてくれてるおかげで、ガイドの仕事もがんばれるんだよ」

私も桃也の背中を強く抱きしめた。自分も同じお願いをしたことは、照れくさくて言えなかった。


一月中、通訳ガイドの仕事はまったく入らなかった。これは新人に限ったことではない。通訳ガイドの閑散期で、ベテランガイドでも冬は仕事が少ないらしいから、仕方がないのかもしれない。とはいえ仕事がない状態が続くのはつらいものだ。

つらさの原因の一つは金銭的なこと。収入がまったくないまま、貯金がどんどん減っていくのは恐怖だ。実家暮らしと言っても、毎月少しは家にお金を入れているし、国民年金や健康保険料だって払わなければならない。会社勤めをしていたときは、会社が源泉徴収していたから、年金や保険にいくら払っているのかなんて、ほとんど意識していなかった。でも、会社を辞めて自分で支払うようになって、初めてその金額の大きさに驚いた。生命保険料だって、毎月定期的に引き落とされる。そう、何の無駄遣いをしなくても、毎月確実に約一〇万円なくなっていくのだ。会社には三年半しか勤めていなかったから、退職金なんてスズメの涙だし、ほとんど貯金がないまま独立したので、毎月預金通帳を見るのが怖かった。通訳ガイドの仕事は二ケ月間でまだ六回しかしておらず、総収入も一〇万円程度だった。月五万円以上の赤字だ。今月と来月は、さらに赤字幅が膨らむだろう。

もう一つ、金銭面以上に、毎日することがないのがつらかった。会社を辞めた頃は、旅行会社への営業活動の他、都内の観光地を下見したり、研修を受けたり、日本の文化や歴史の本を読んで、ガイドになる勉強をしていた。それが楽しくて仕方なかったのだけれど、年内には一通り下見や勉強が終わった。

もちろん、ガイドの勉強に終わりはないのかもしれない。同じ場所でも行く度に何かしら発見があるものだし、先輩ガイドでさえ常に勉強してると言っている。でも、これ以上何をすればいいのか、正直わからなくなった。桃也は「少しのんびりしてみるのもいいんじゃないの」とは言ってくれたけど、大学の同期生たちが毎日会社勤めをしているときに、一人で遊ぶのも気が引けた。

悩んでいるうちに一月が終わろうとしている。一月の末にガイド仲間での飲み会が開かれた。研修で知り合った仲間が誘ってくれたので、参加することにしたのだ。この時期はみんなも暇なので、一緒に下見したり、仲の良いガイド同士で集まって勉強会と称して食事会や飲み会をやっているようだった。それにしても、みんなこの時期に毎日何してるんだろうと気になったので、聞いてみた。この飲み会には、ベテランから新人までいろいろな立場の通訳ガイドが参加していたので、その答えも様々だった。ある主婦は、

「私はガイドの仕事といっても日帰りの仕事しかしてないのよ。家事があるから家を空けられないからね。子供がいるから毎日料理もしなきゃならないし。上の娘はこの間成人式だったし、長男は高校受験だから、今年の冬は特に忙しいのよ。今日は旦那が子供の面倒見てくれてるから出てこられたんだけどね」

四十代でガイド歴十年の男性は、

「僕は添乗員の仕事も兼務してるから、冬でも仕事はありますよ。国内と海外の両方やってるけど、国内旅行は冬は少ないですね。海外だと北欧やカナダにオーロラを見に行くとか冬ならではのツアーもあるし、暖かさを求めて東南アジアや南半球に行くツアーも人気ですよ。二月になると大学生が春休みに入るから学生旅行も多くなりますね」

なるほどなあと感心したが、考えてみれば桃也の会社だって海外専門の旅行会社だ。なんで、今まで気づかなかったんだろう。添乗員と兼務することだって可能なのだ。

私と同じく、ガイドになったばかりの年配女性は、

「私は茶道を習い始めたのよ。昔も少しやってたんだけどね。私も家庭があるから泊まりの仕事はできないの。でも日帰りしかできないって言うと、旅行会社の反応があんまりよ

くないでしょ。だからずっと悩んでた。そんなときに茶道や着付け、料理なんかを外国人に教えている会社と出会ってね。そこだと昼間の数時間だけ仕事させてもらえるの。私、料理は得意だし、着物の着付けもある程度できるし、茶道も昔やってたって言ったら、そこで春から雇ってくれることになったの。だから茶道をもう一回学び直すことにしたの」

私は感心した。そういう専門分野の知識や技術を身につけるという手もある。

私と同年代の男性、彼も正社員の身分を投げ打って独立していた。

「僕は、今はひたすら営業活動しています。会社辞めて固定収入なくなっちゃいましたからね。それでも税金とか社会保険料とか払わなきゃならないし。毎月の負担額って思ってた以上に大きいんですよね」

「わかります！」

私は共感して、思わず大きな声を出してしまった。みんなは私のほうを振り向いて笑った。

「とにかく一つでも多く通訳ガイドの仕事先見つけなきゃって思ってるんですよ」

「私も同じ悩みを抱えています。それで、どんなところを回ってるんですか？」

「旅行会社はもちろんですけど、ガイドの派遣会社、ホテルのコンシェルジュ、定期観光バスを運行してる会社にも行きましたよ。そうそう、マッチングサイトって知ってます？」

「聞いたことはありますけど、どういうものなんですか？」

「外国人旅行者と通訳ガイドをつなぐインターネットのサイトです。最近増えているんですよ。本当は自分のホームページを作って募集したほうがいいのかもしれないけど、とりあえずマッチングサイトに登録してみました。まだ一回しかやってませんけど、案内したカナダ人夫婦が星を五つ付けてくれて、すごく嬉しかったです！」

旅行会社だけでも日本には一万社あるとは桃也からも聞いていたが、私は大手十社にアプローチした後、プラムトラベルを訪問しただけで、営業活動をやめていた。営業してもあまり成果がないと感じたからだ。でも、こんなにがんばっている人もいる。しかも、営業先は旅行会社以外にもたくさんある。

いろんな仲間の話を聞いて、目からウロコが落ちた。同時にいたたまれない気持ちにもなった。今まで何してたんだろう。勉強が一通り終わったなんて、独りよがりもいいところだ。去年の夏には新人ガイド仲間の「通訳ガイドだけでは食べていけない」というマイナス思考の会話に憤りを感じていたのに、いつの間にか自分もそのマイナス思考に陥っていた。一月の一ケ月、まるまる無駄にしたと大きな後悔の念を覚えた。

翌日から私の生活は一変した。今から海外添乗員になる準備をしても、すぐに仕事ができるわけではない。海外添乗は今後の検討課題として、まずは営業活動だと思った。昨晩の飲み会で、ガイド仲間から旅行会社の情報をいくつか仕入れたので、まずはそこに履歴書を送り、電話をすることにした。一般の日本人にはほとんど知られていないような会社が、インバウンドでは大手だということも知って驚いた。そう言われてみれば、何度か仕事をもらっているプラムトラベルだって聞いたことのない会社だった。外資系の会社もいくつかあった。

それから一ケ月、自分で調べた会社も含めて二十社ほどに履歴書を送り、そのうち五社は面接にこぎつけた。少しではあるが実際に仕事を経験したので、面接でも自分の体験をアピールできた。その結果、面接してくれた会社はどこも反応がよく、三月下旬から四月上旬の桜の季節には仕事をくれそうな会社もあった。また、面接に行く会社の近くの大きなホテルをリストアップし、コンシェルジュを訪問した。どこも「仕事をお願いするときには連絡します」だけで終わったが、とりあえず名刺交換ができただけでも一歩前進だろう。

こうして二月は積極的に活動することができた。

第五章

今度遅れたら置いていきますよ！

美桜のツアー④

2019年3月6日(水)

～9日(土) 3泊4日

TOUR MENU

出発地

台場
グランドホテル

訪問先

東京
富士箱根
京都・奈良
大阪

お客様

アメリカ人
20名の団体

Notes

三月に入った途端、二月に面接を受けたばかりのスマイル旅行社から携帯に電話がかかってきた。面接に行ったときは、こんなにすぐに仕事がもらえるとは思っていなかったが、やっぱり訪問した甲斐があったのだ。

「こんにちは、綾瀬美桜さんですか？　スマイル旅行社の松宮《まつみや》です。先日は面接にお越しくださり、ありがとうございました」

「いいえ、こちらこそ、お忙しい中お時間をいただきまして、どうもありがとうございました」

「面接させていただいて、綾瀬さんからはとても良い印象を受けました。あなたなら、お客様にも好印象を与えられると思いまして、ガイドの仕事をお願いしたいと思っています」

「あっ、ありがとうございます！」

思わず携帯を握りしめながらおじぎをした。三〇度の角度か。

「急で申し訳ないのですが、実は、来週のツアーなんです。予定していたガイドがインフルエンザに罹り、急遽代わりを探しているところなんです」

なあんだ、私にご指名というんじゃなくて、たまたま代役を探していたわけか。でも、仕事をもらえるのならありがたい。

「今回はアメリカ人二十人の団体です。初日、お客様は各自で来日して東京のホテルに宿泊しますから、ガイドが必要なのは二日目からです。都内観光の後、東京にもう一泊。その後、富士・箱根観光をして熱海の温泉ホテルに一泊。翌日新幹線で京都に移動して、京都観光の後で京都に宿泊し、翌日京都と奈良の観光が終わったら大阪のホテルに送り届けて業務は終わりです。次の日、お客様は各自で関空に向かいます。つまりガイド業務自体は、三泊四日です。やってもらえますか？」

「はい。喜んでやらせていただきます！　ありがとうございます」

今度は九〇度のおじぎになった。

「では後で、メールで日程表を送ります。目を通していただいて、明日の午後にでも電話で打合せをお願いできますか？」

「大丈夫です」

「列車の切符や旗なんかは、打合せ後に宅配便でご自宅宛てにお送りしますね」

えっ、旗？　そうだ、今回は初めての団体旅行なんだ！

通訳ガイドになろうと思ったとき、最初にイメージしたのは旗を持って外国人を先導している姿だった。その姿に憧れたが、実際に今までガイドしたのは個人客ばかり。当然旗など使わない。今度はついにイメージ通りのガイドの仕事ができるんだと嬉しくなった。

それと同時に、初めての団体ツアーに大きな不安も押し寄せた。研修ではバスの中でマイクを握ったこともあるけれど、実際に大勢の外国人を前にしてマイクで話したことはない。外でも大勢に向かって話をしなければならない。ただ、今回はお客様二十人なのが救いだ。団体でも多いときには大型バスが満席で、四十五人乗っているということもあるらしいから。

一〇分もしないうちにパソコンのメールに日程表が届いた。都内は全部知っている所ばかりで問題なし。箱根は雪さえ降らなければ大丈夫だろう。そう、山道の多い箱根は、雪が降ると道路が閉鎖されることもあり、そうなると移動が大変なのだ。京都も秋に下見旅行に行っておいてよかった。時間切れで下見できなかった三十三間堂が入っているが、まあ一ケ所くらいなんとかなるだろう。それほど難しくはなさそうな日程で安心した。

それに、先輩ガイドたちはこう言っていた。

「個人客よりグループのほうが楽だよ。説明した後、自由時間にすることも多いから、一息つけるしね」

この言葉を思い出して、さらに気が楽になった。

初日の集合場所は、台場グランドホテルだ。スマイル旅行社の仕事は初めてであり、初めての団体、初めての泊まりがけのツアー。絶対に失敗したくない。

集合時刻の一時間前、八時にはホテルに着いていた。初回の失敗があってから、とにかく遅刻には神経質になっているが、これはよいことだと自分でも思っている。早く着くと、遅刻の心配がなくなるだけではない。ツアーの準備や資料の見直しを、余裕を持ってできる。

ロビーのソファに座って資料を見返していたが、そこからは車寄せが見えるので、バスが来ればすぐにわかる。八時三〇分にバスが到着した。四十五人乗りの大型バス。運転手に挨拶と打合せをするため、小走りでバスに向かった。

「おはようございます。通訳ガイドの綾瀬です。今日から四日間よろしくお願いします！」

元気よく挨拶すると、相手も明るく応じてくれた。

「おはようございます。菊林《きくばやし》です」

若くて感じのよい運転手でよかった。中にはトラックドライバー上がりの強面の運転手もいると聞いていたからだ。

「さっそくですけど、今日の行程の打合せお願いします」

「あっ、ちょっと待ってください。先にトイレ行かせてください」

バスの運転手は乗用車のようにコンビニの駐車場に停めて、ちょっとトイレを借りるなんてことが気軽にはできない。車庫は千葉だと聞いていたから、ここまで一時間くらいかかったのではないか。また、これから行く観光地でも、駐車場に停められるとは限らず、路上で乗降する場合もあるので、トイレに行ける機会も多くはない。朝も早くに出勤しなければならず、バスの運転手も過酷な仕事だと思った。

打合せは五分くらいで済んだ。今日の訪問地、どこで乗降するか、浅草は駐車場の場所と予約時刻、運転手の昼食は付いているか、本日の終了時刻、などを確認する。マイクの音量も確認しておいた。特に問題はなさそうだ。運転手のすぐ後ろに自分が座るため、バッグを置いて座席を確保した。

打合せが終わると、お客様を迎えるためにロビーに戻った。八時四〇分で、まだ集合時刻まで二〇分あったが、早く来るお客様もいるかと思い、旗を持って待機する。

すぐに最初のお客様が現れた。ご夫婦のようだ。

「すみません、ここがスマイルツアーの待ち合わせ場所ですか？」

「はいそうです。おはようございます。私がガイドの美桜です。お名前をお願いします」

「私はロバート・スミス、彼女は妻のキャサリン。ツアーをとても楽しみにしているよ。よろしくね」

「こちらこそ、よろしくお願いします。全員揃うまで少しお待ちくださいね」

名簿にチェックを入れる。このようにして、少しずつお客様が揃っていく。九時になると二十人全員ロビーに揃った。初日から遅刻してくるお客様もいるらしいから、今回はラッキーなようだ。この調子で順調にツアーが進みそうな予感がした。

再度人数を確認すると、旗を持ってバスまでお客様を誘導した。バスまではわずか三〇メートルほどの距離だが、旗を持っている自分と通訳ガイドになろうと思ったときに想像した姿とが重なり、感無量だった。思わず頬が緩んだ。それを菊林運転手に見られた。

「なにニヤニヤしてるんですか？」

「いっ、いえ、別に」

全員がバスに乗ると、また人数を確認する。とにかく人数確認が大事であると、研修では嫌というほど繰り返し聞かされていた。人数確認を徹底しなかったために、お客様を観光地に置き去りにし、その旅行会社からは二度と仕事がもらえなくなったというガイドの実例も紹介された。バスに乗る直前には揃っていても、急に写真を撮りに行ったり、トイレに行く人がいるらしい。

また、嘘かまことか、ディズニーランドの帰り、席に置いてあった大きなぬいぐるみを人数に数え、危うく一人置いていきそうになったという話も聞いたことがある。だから人数確認は、座席の間の通路を後ろまで歩いて、一人ひとりの顔を見ながら確認することが大切だ。

全員いることを確認すると、バスが発車する前に、まずはシートベルトの着用をお願いする。バスが動き出すと、運転席の横にある背もたれを出して、そこに背中を押しつけて身体を安定させ、お客様の顔を見ながら自己紹介を始めた。

「日本へようこそ！　この度はスマイルツアーにご参加いただきありがとうございます。私はガイドの美桜です。これから四日間ご一緒しますので、よろしくお願いします」

みんな大きな拍手をしてくれた。あー、これが団体旅行の醍醐味なんだな！

初日は都内観光。訪問場所は、築地市場、浜離宮、鉄板焼きの昼食、浅草寺、江戸東京博物館だ。築地に着くまでの間に、まずは、時間厳守、貴重品の管理、席は自由だが前方の席は毎日譲り合って利用してほしいなど、注意事項を説明する。運転手の紹介も忘れてはならない。

迷子になったときのために、私の携帯番号を書いたメモを全員に渡す。それには日本語と英語でこう書いてある。

「観光中に迷子になりました。あなたの携帯電話でガイドに連絡を取らせてもらえませんか」

これを通行人やお店の人に見せれば、彼らが電話を貸してくれるという仕組み。スマイル旅行社からの指示ではないが、先輩ガイドから教わったことだ。

注意事項の説明が済むと、今度は今日の訪問予定先を説明するが、話し始めるとすぐに豊洲市場が見えてきた。ここから築地まではもう一〇分もかからないだろう。到着までに日本の概要も説明しようと思っていたが、間に合いそうもないので築地の説明に入る。バスツアーが初めての私にとって、話の時間配分は難しい。

築地には元々世界最大の魚の卸売市場があった。開場から八十年以上が経ち、老朽化が限界に達したため、卸売部門は昨年の秋に豊洲の新市場に移転した。しかしながら、場外市場は築地に残された。卸売市場の移転で場外市場も寂しくなるとの憶測もあったが、ほとんどの店はその場で営業を続けているので、インバウンドの旅行業者はみな一安心といったところだ。

訪問客も減少するどころか、外国人を中心にむしろ増えている様子。その場で調理をして食べさせる路面店が増えているので、外国人にも気軽に飲食を楽しめるのが受けている理由らしい。かつては買い食いが楽しめる店は玉子焼きのお店くらいしかなかったが、最近はマグロ、カキ、ウニ、カニといった魚介類はもちろんのこと、フルーツや串に刺した牛ステーキすら売っている。珍しいホワイトストロベリーは外国人に大人気だ。英語や中国語での説明書きも増えた。

築地には四〇分滞在の予定だ。新大橋通りでバスを降りると、バスは長時間停車していられないので、お客様には集合時刻と共に、同じ場所に戻ってきてほしいことを繰り返しお願いして、観光開始。まずは一〇分ほど一緒に散策した。二十人もいると、外で全員に説明するのは無理なので、概要はバスの中で予め説明しておいた。最初から自由行動をしたい人も、途中で抜けて自由にするのもよいと伝えてあった。

小さな飲食店の並ぶもんぜき通りから歩き始め、途中で海鮮丼店が並ぶ狭い露地に入った。ここからが一番混雑するエリア。すでにお客様の数も半数以下になっていた。これなら全員に説明できそうなので、ワサビやウニなど、珍しい食材を見つけると指さして説明してあげた。角に円正寺がある少し広い通りに出ると、集合場所までの戻り方を説明して自由時間にした。

集合時刻の一〇分前から集合場所で待機していると、お客様は少しずつ戻ってきた。予定時刻ピッタリにバスが到着。みんなバスに乗り始めた。乗降口の脇に立って乗車していく人数を数えていたが、一人足りない。バスに乗って再度人数確認するが、やはり十九人しかいない。

「みなさん、ご家族やお友達はいますか？」

「イエース！」

するといないのは一人参加のお客様。一人参加は若い男性ジェフだけだ。バスを降りて探しに行こうとすると、菊林運転手に呼び止められた。最近は長時間停車していると警察がうるさいので、一周してきたいとのことだった。一周するには一〇分かかるとのこと。バスツアーはこういう点が面倒くさいなと思ったが、見回してもジェフらしき姿が見えないので、仕方なく、

「では一〇分後にまたここに来てください」

そうお願いして、ジェフを探しに行った。ジェフはすぐに見つかった。なんと、もんぜき通りにある店でラーメンを食べていた。

「ジェフ、何やってるんですか、集合時刻過ぎてますよ！」

強気の口調で話し掛けたが、

「いやあ、店が混んでいて、なかなかラーメンが出てこなくて、今食べ始めたところだよ」

「もう全員揃ってるんですよ。あと五分でバスが戻ってきますから、三分だけ待ってあげます」

「えっ、三分で食べられるわけないじゃないか！」

「じゃあ、置いていきますよ！」

「しょうがないな、わかったよ」

結局ラーメンは半分ほど残させることになったが、乗降場所に戻ると同時にバスも到着し、無事バスに乗れた。次はすぐ近くの浜離宮なので、ほとんどバスで説明する時間がない。でも、浜離宮は広いので、空いている場所を見つけるのは簡単だ。外でも二十人に声が届くはずなので、入園してから説明すればよいと思った。

浜離宮は個人客を案内するために何度か訪れているので、何も心配していなかった。入口で入場券を買い、パンフレットを配って、園内に入る。徳川六代将軍家宣が植えたとされる「三百年の松」の前で、かつて徳川将軍家の庭園だったことなどを説明する。その先には菜の花が咲いていて、黄色いカーペットの様相を呈している。五分ほど自由にすると、みんな喜んで写真を撮り始めた。

それから林を抜けて大きな池へ。この庭園では、入口周辺の芝生広場の景色と、池と橋が織りなす水辺の景色とがまったく異なり、その対比が楽しめる。みんな景色を楽しんでくれている様子。後は自由に散策を楽しんでもらい、二〇分後に駐車場に集合するように伝えた。本当は自由時間を三〇分取りたかったが、築地で一〇分遅れたために、ここでその分取り戻そうと思ったのだ。駐車場への帰り道は、配布した地図で説明したので大丈夫だろう。

集合の五分前からお客様は少しずつ戻ってきた。集合時刻になり、人数を数えると十九だった。またジェフがいない！　バスを待たせて探しに行くが、浜離宮は広いので、どっちに行ったらよいか迷う。解散した池のほうを確認することにして、走り出した。すると途中でゆっくり歩いているジェフに出会った。

「ジェフ、集合時刻過ぎてますよ！」

「俺は日本を楽しむために参加してるんだよ。そんなに急かされたら楽しめないじゃないか」

「これは団体ツアーなんです。他のお客様はみんな時間を守ってくださってるんですよ。今度時間に遅れたら、置いていきますよ！」

結局バスはまた一〇分遅れで出発。遅れていた一〇分は取り戻せなかった。ジェフには腹が立つが、問題があるのは彼だけで、他のお客様は楽しんでいる様子なので心配ないだろう。次は昼食だ。マイクを持って昼食の説明をしようとした。すると夫婦で参加していたジョーンズ夫妻の奥様、リンダが話し掛けてきた。

「ねえミオ、桜はどこで見られるの？　浜離宮で見られると思ったら、ぜんぜん咲いていなかったわ」

「今は三月上旬で、桜の季節にはまだ早いです。三月下旬から四月上旬が桜の咲く季節です」

第五章　今度遅れたら置いていきますよ！

「えっ、何言ってるの？　ツアーを申し込んだときのホームページには、桜が満開の写真が載っていたのよ。だから桜を楽しみに参加したのに」

するると、別の席からも次々声が上がる。

「僕もそうだよ」

「私も。このツアーのタイトルだって『桜の季節に巡る日本　六日間』なのに！」

「あのホームページはウソだったのか？」

「詐欺だ！」

そんなこと言われたって……。

「今の時期、桜なんて見られるわけないじゃない……」

私は日本語でつぶやいた。すると菊林運転手が話し掛けてきた。

「桜が見られないって文句言われてるんですか？　上野公園の入口の桜なら昨日咲いてるのを見ましたよ」

「えっ、本当ですか？　そこって、バス停められますか？」

「二〇分くらいなら無理して停めますけど。でも、後の行程がきつくなるんじゃないですか？　バスは五時までしか使えませんからね」

「大丈夫、なんとかします。上野公園に行ってください。よろしくお願いします！」

すぐにレストランに、三〇分くらい遅れるけど大丈夫か、確認の電話を入れた。幸い、その後には予約もないようで、予約を三〇分ずらすことができた。バス内の騒ぎはまだ収まっていなかったが、マイクを持って客席のほうを振り向くと、一瞬静まり返った。私は声を張り上げた。

「今から桜が咲いているところにご案内します！」

客席からは割れんばかりの拍手が起こった。

菊林運転手が言った通り、上野公園の入口の桜は咲いていた。咲いていたというより、ほぼ満開だった。代表的なソメイヨシノではなく、大寒桜という種類だが、鮮やかなピンク色がとてもきれいだ。桜が見られて、お客様も大喜びだった。私も走り回りながら、みんなの写真を撮ってあげた。

昼食は鉄板焼き。鉄板を囲むように座席が設けられ、お客様の目の前で料理人がステーキを焼いてくれる。ベジタリアンの夫婦が一組いるので、その二人の席を店員に伝えたら、後はすべて店側が対応してくれた。店員もカタコトの英語を話すので、飲物の注文取りなど私が出るまでもなかった。桜のおかげでみんなに笑顔が戻ったので、私も安心して昼食を取ることができた。

目の前での調理はお客様の受けもいい。特に、コニャックを使ってステーキから炎を立ち上げるところでは料理人が事前に合図してくれたので、みんな一斉に写真撮影をしていた。ユニークな写真を撮ってSNSにアップするのは日本人だけではない。外国人だって同じだ。英語でも「インスタ映え」に相当する「インスタグラマブル」という表現が流行していると、隣に座ったジェフが教えてくれた。ジェフも雑談しているときにはいい青年である。肉は、量は少ないものの、黒毛和牛でとても美味しかった。ランチだと値段もそれほどではないので、ツアーにも組み込めるようだ。

店長に言ってサーブを早めてもらったため、昼食の時間を予定より一〇分短縮できた。それでもまだ二〇分の遅れがある。そう、ジェフの遅刻と、上野公園に立ち寄ったため、合計三〇分遅れていた。どうにか一〇分は挽回したものの、まだ二〇分遅れている。

午後の最初は浅草寺観光。先輩ガイドの話では、団体での浅草寺観光は最近やりにくくなったとのこと。以前は好きな時間に観光できたが、観光バスが増え過ぎたために路上で渋滞を起こすようになった。すると地元住民からクレームが来るようになったので、渋滞を防ぐため、乗車は予約制になったとのことだ。バスは予約時刻から一〇分以内でないと、一時停車して乗客を乗せることができない。もし遅れたら、一度バスは回送しなければならない。

また、下車場所と乗車場所が異なるのもツアー運営上やりづらい点。お客様に下車した場所に戻ってきてと言うことができないので、境内で一度集合して、一緒に乗車場所まで歩くしかない。今回は下車から乗車まで当初六〇分予定されていたが、乗車時刻が決まっているので四〇分しか取れない。

個人客だと浅草には地下鉄で来ることが多いので、雷門から入ることになるが、観光バスの場合は言問通りで下車し、二天門から浅草寺の境内に入る。境内に入るとまずは集合に関する説明。団体の場合、これが最重要事項だ。

「ここに神社の門が見えますね？　鳥居と言いますが、これは後で説明しますね。この門の前に、二時半に集合です。絶対に遅れないでくださいね。遅れたらバスが迎えに来られなくなりますから」

集合時刻を強調した後、浅草神社から説明を始めた。神道と仏教の説明はすでにバスの中でしていたが、改めて鳥居を前に神道の説明をする。ここは同じ境内に神社とお寺が共存する、神仏習合のよい例だ。神仏習合という説明にお客様の多くは首を傾げていたが、一神教のキリスト教徒には理解できない感覚らしい。まあ、日本人でも理解している人が多いとは思えないが。鳥居をくぐり、手水舎でお清めの仕方を見せ、二礼二拍手一礼の見本を見せた。何人かは真似して一緒にやってくれた。

次に浅草寺の本堂前に移動して、大香炉や本堂内で見るべきものを説明すると、見学は自由にした。混雑している本堂内で二十人に説明することは難しいし、参拝者もいる中で大声を出すことも憚られるからだ。解散する前に、振り返って仲見世通りを紹介した。

「ここでは伝統的な工芸品やお土産を買うことができますよ。もう一度言いますが、集合は鳥居の前に二時三〇分です。遅れた人は置いて行きますからね。では、自由時間をお楽しみください」

ジェフの目を見ながら言ったら、彼はふてくされた顔をした。

朝から気が休まらなかったが、ようやく三〇分ほど休憩ができると思って、ちょっとホッとした。飲物を買ってベンチで休もう、と思ったそのとき、キャサリンが話し掛けてきた。

「ミオ、私たち孫に着物を買いたいんだけど、買物を手伝ってくれる？」

「はい、もちろんです！」

お客様には笑顔で応えたが、心では泣いていた。団体は自由時間が取れて楽だなんて、ウソじゃない！

キャサリンと夫のロバートは着物の買物を済ませると、今度は箸を売っている店に入っていった。私は一息入れる間もなく、二時二〇分に集合場所に戻った。二五分になると、十九人のお客様は全員揃った。あと五分でジェフが戻ってくるか不安だった。二時三〇分、案の定ジェフは戻らなかった。お客様がぶつぶつ言い始めた。

「またあいつ帰ってこないよ」

「私たち時間通りに集まってるのにね」

「ガイドももっと厳しくすればいいのに」

このままだと、この十九人のお客様の不満が溜まりかねない。しかも不満の矛先はジェフだけでなく、ガイドの私にも向けられ始めている。私は焦り始めた。一人のために十九人を不満にさせるわけにはいかない。しかも今回は遅刻三回目の確信犯。そこでみんなに提案した。

「時間になりました。ジェフが来ていませんが、私の携帯番号も教えてあるし、出発したいと思います。いかがですか？」

「もちろん！」「大賛成！」「そんなの当たり前だろ！」

厳しい言葉もあったが、全員から拍手が起こった。

予定通りにバスに乗車し、次の訪問地である江戸東京博物館に向かった。バスが走り始めてしばらくすると、携帯が鳴った。知らない番号だったが、出ると、思った通りジェフだった。通りがかりの日本人に携帯を借りて掛けてきたようだ。遅れたことを謝るのかと思ったら、

「なんで集合場所にいないんだよ！」

「今何時だと思ってるんですか！　集合時刻から二〇分も経ってるんですよ」

「迷子になったんだよ。どこが集合場所だかわからなくなっちゃったんだよ」

「でしたら、その時点で電話くれればよかったじゃないですか」

「焦って集合場所を探し回ってたんだよ。それでバスはどこ？」

「とっくに出発しましたよ。言いましたよね、遅れた人は置いていきますって」

「ウソだろ！　会社に文句を言ってやるからな」

「ええ、結構です」

　毅然とした口調で言うと、ジェフは一瞬黙り込んだ後、小さな声で、

「で、次の場所にはどうやって行ったらいいの？」

「江戸東京博物館まで、タクシーで来てください。屋根の上に飾りが載っている車がタクシーです。手を挙げれば止まってくれますよ。通りに出ればすぐに見つかります。日程表の博物館名を指せば、運転手も行き先がわかります。博物館の入口に着いたらまた電話ください。迎えに行きますから」

　ジェフからの電話を切ると、すぐにスマイル旅行社に電話した。ジェフが三回も遅刻したこと、それによって他のお客様が不満を持ち始めたこと、そして浅草で置き去りにしてきたことを説明した。また、ジェフからクレームの電話が入るかもしれないことも伝えて

おいた。担当の松宮さんも理解してくれたようだ。

「わかりました。電話がきたら、こちらで対応します。他のお客様が不満を持たないように気を配ってくださいね」

江戸東京博物館は、江戸時代から現代の東京に至る四百年余りの歴史を体感できる博物館だ。本物の資料や美術品を展示する普通の博物館と違い、展示してあるものはほとんどが複製や模型だ。でも、日本橋界隈など江戸時代の町並みがミニチュアで精巧に作られていたり、実物大の長屋があったり、歌舞伎の舞台が再現されていたりと、江戸時代の雰囲気が実感できるのが素晴らしい。

普通の博物館と違うもう一つの点は、展示品の写真を撮ったり、触ったり、持ち上げたりできる箇所がたくさんあること。駕籠に乗ることもできる。まるで歴史のテーマパークと言える施設だ。

入場券を買うと、お客様を六階の展示室に案内し、実物大の初代日本橋を前に、まずは博物館の概要を説明した。集合時刻にバスに戻るように伝えた後は、

「自由に見学したい方はどうぞ、展示品には英語の説明が付いていますから。私の説明を聞きたい方は付いて来てください」

六人が付いて来た。説明するにはちょうどよい人数だ。博物館は、江戸時代を体感でき

る「江戸ゾーン」と、明治維新以降の東京に関する展示の「東京ゾーン」からなるが、外国人が興味を示しやすい江戸ゾーンを中心に説明し、東京ゾーンは余った時間で自由に見学してもらった。

集合時刻は直接バスに四時半にしてあったので、四時一五分になるとバスに向かって戻り始めた。すると、受付のところで係員と話をしているジェフを見つけた。文句を言われるのを覚悟して身構えながら、ジェフに声を掛けた。すると、彼はいきなり謝ってきた。

「ミオ、迷惑を掛けてごめん」

「えっ？　あ、いいえ」

あまりに従順な態度に驚いた。

「スマイル旅行社に電話したら、三回も遅刻するような人は、これ以上ツアーに連れて行けないって言われたんだ。もう遅刻しないから、最後まで連れてってもらえないかな」

「もちろんです」

「ああ、よかった！」

「もう絶対に遅刻はしないでくださいね」

江戸東京博物館を四時半に出発し、ホテルには五時五分前に到着した。お客様はみんなバスを降りるときに、今日の観光は楽しかったと言ってくれた。ジェフもお礼を言ってくれた。菊林運転手も時間通りに終了できて満足げだった。

「ちゃんと時間管理してくれてよかったですよ。ガイドさんによっては時間にルーズな人もいますからね」

「いいえ、今日は上野公園も追加で寄ってくれてありがとうございました。本当に助かりました。明日もよろしくお願いします」

菊林運転手に深々と頭を下げた。

とりあえず一日目の仕事が無事終わって私もホッとした。夕食は自由なので、お客様を案内する必要はない。ここ台場にはいくつものショッピング施設があり、中には多くのレストランがあるのでお客様には便利だ。

私にとっては、今日はお客様と同じホテルに宿泊できるのが嬉しい。都内観光の場合、ツアー中でも自宅に帰らなければならないことも多いらしいが、台場から家に戻ると一時間以上かかる。今日はとても家に帰る気力がなかった。さらに翌日も集合時刻の一時間半前には家を出て、満員電車に乗らなければならないことを思うと、同じホテルに泊まれるのは幸せだ。

それにしても今日一日、本当に疲れた。初めての団体で、個人客とはまったく違うことを、身をもって体験した。個人客はお客様のペースに合わせて観光ができるが、団体はこちらの決めたスケジュールにお客様に合わせてもらわなければならない。さらに遅刻者やマナーを守らない人がいると、他のお客様の不満が溜まるので、団体全体をうまく管理しなければならない。自由時間が取れれば確かに一息入れることができるかもしれないが、今日の浅草のように、お客様のご案内で潰れることだってある。先輩は団体のほうが楽だと言っていたが、決して個人客に比べて楽だとは思えなかった。

二日目の訪問先は、富士・箱根。まずは富士五湖の一つ、河口湖へ。湖畔の大石公園から富士山を望み、久保田一竹美術館を見学。名物ほうとうの昼食後、箱根に移動し、箱根ロープウェイでの大涌谷見学と、芦ノ湖の海賊船遊覧。観光後、熱海のホテル泊という行程だ。

集合時刻の五分前には全員ロビーに集まったので、バスのトランクにスーツケースを積み込み、予定通り八時ちょうどにホテルを出発できた。首都高速では次々と車窓に見えてくる建物を説明。レインボーブリッジを渡り、東京タワーや六本木ヒルズの近くを通りながら都心を抜けていく。首都高を抜けてしばらくすると、バスは中央高速へ。河口湖までの移動が長いので、今日はバス内で日本語レッスンをしようと思い、簡単な会話集をパソコンで作成して人数分コピーしてきた。

「Good morningは、『おはようございます』です。私の後について言ってみてください」

「おはよございます」

みんな素直に声を出してくれるが、なぜか「ざ」にアクセントを付けて発音する。日本語の文章はとっても平坦なのだが外国人にはかえって難しいようだ。何度か練習を繰り返す。

「みなさん、とってもいい発音になりました。『おはよう』は州名のオハイオと似ているので覚えやすいですね。間違えて『オクラホマございます』って言わないように気をつけてくださいね」

車内から少し笑いも起こった。

「You are welcomeは、『どういたしまして』。Don't touch my moustache（私のヒゲに触るな）と覚えるといいですよ。発音が似ていますから。どんたっちまいますたしゅ、どういたしまして」

今度は大爆笑だった。こうして、和やかな雰囲気で進められた。

日本語レッスンが終わり、雰囲気が和んできたところで、今度はお客様全員に自己紹介してもらうことにした。バスにはコードの長いマイクが積んであり、またコードの差し込み口も数ケ所あるので、後ろの席までマイクを回すことが可能だ。ちゃんと出発前に確認しておいた。

「では、今から全員に自己紹介をしていただきます。お名前、出身地、それから日本に来た理由や日本の印象、趣味なども教えてください。自己紹介をすると、みなさんすごく仲良くなれると思います。実は出身や住んでいるところが近かったり、共通の趣味を持っていることがわかったりしますから。では、一番前に座っているロバートからお願いします」

「オハイヨウ。これで発音あってるかな？」

「はい、完璧です！」

「私はオハイオ州から来たロバート、隣にいるのは妻のキャサリン。これからは自分の州名を見るたびに、日本の朝の挨拶を思い出すだろうね。今回の旅行は、妻への誕生日プレゼント。実は今日が妻の誕生日なんだ、歳は内緒だけどね」

「ハッピーバースデー、キャサリン！」

　みんなから祝福の声が上がった。

「ありがとう、みんな。日本に来て印象的だったのは、ゴミがまったく落ちてないことと、クラクションの音が聞こえないこと。アメリカの大都市に行ったら、ゴミはそこら中に捨ててあるし、落書きだらけだし、運転手はみんなクラクションを鳴らしっぱなしだよ。それだけ日本人は礼儀正しいんだね。では、みなさん、あと三日間だけどよろしく」

「ロバート、キャサリン、ありがとうございました」

次はいつも手をつないでいる女子二人組だ。

「こんにちは、私はアナ」

「私はルイーズ。シカゴの高校で出会ってからの親友で、今は一緒に住んでいます」

「二人とも歌が大好きで、今ハマってるのはJポップ。特にMISIAが大好きで、このツアーが終わったらコンサートに行きます。一曲歌ってもいいですか?」

「もちろんです」

と言うと、二人でハモりながら『Everything』を日本語で歌い出した。透き通るような歌声で、お客様も全員聴き入っていた。歌い終わると拍手喝采。

「すごい! とってもきれいな歌声で感動しました。日本語もお上手ですね」

「いいえ、音で覚えただけです。全体の意味はわかりますが、一つひとつの言葉の意味はわからないんです」

その後ろはジェフだった。

「僕はジェフ。フロリダ出身で、一人で参加しています。今年大学を卒業するので、その前に初めての海外旅行をしようと思ったんだけど、日本食が大好きだから日本を選びました。築地で食べたラーメンはすごく美味しかった。団体旅行には慣れてないので、昨日は迷惑を掛けてごめんなさい。もう絶対遅刻しません」

　客席からは大きな拍手が起こった。ジェフがみんなに謝ってくれて、私もホッとした。これで不満を持っていた人も機嫌を直してくれるだろう。

　こうして和やかに自己紹介は続いていき、最後は一番後ろの席に並んで座っている親子連れだ。

「私はアダム、妻のエマ、私たちの愛する息子ピーター、彼は今小学四年生。私たちはカリフォルニア州のロサンゼルスに住んでいます。今回日本に行きたいと言い出したのはピーター。彼は小さいときから日本の漫画やアニメが大好きでね。『ドラゴンボール』や『ポケットモンスター』が大好きなんだ」

「違うよ、今は『ワンピース』と『鬼滅の刃』だよ！」

　すぐにピーターが主張してきた。

「わかった、わかった。それとジブリ映画もね。でも、私とエマはアニメのことはあまりよくわからないから歴史的な場所や文化的な施設を見るツアーに参加したかった。それで折衷案として、このツアーには参加するけど、東京にはツアー開始の三日前に到着してアニメ関連の観光をすることにしたんだ。ジブリ美術館や秋葉原、東京ワンピースタワーに行ったら、ピーターは大喜びだったよ。ジブリ美術館は、あまりアニメを見ていない私たちでも楽しかったな。以上」

「アダム、エマ、ピーター、ありがとうございました。じゃあ、ピーター、お台場ではガンダムの像も見に行ったでしょ？」

「えっ、ガンダムの像があったの？」

「ええ、ダイバーシティっていうショッピングモールの前に」

「知らなかった。何で教えてくれなかったんだよ！　そうしたら絶対見に行ったのに」

ピーターは泣きそうな顔になった。墓穴を掘ってしまったようだ。

「ごめんなさいピーター」

ピーターの機嫌は直らなかったが、このまま黙り込むわけにもいかない。

「箱根では海賊船に乗りますから、ピーター、楽しみにしていてね。これで全員の自己紹介が終わりました。みなさん、どうもありがとうございました」

「まだもう一人残ってるよ」とジェフ。

「えっ？　全員終わりましたよね？」

「ミオが自己紹介してないじゃないか」

「私は昨日挨拶しましたから」

「もっとミオ自身のこと話してよ」

　すると客席から拍手が起こった。

「わかりました。私の名前は美桜です。美しい桜という意味です」

「へー、じゃあ今の季節にピッタリだね」とジェフ。

「初めて行った海外はハワイです。高校生のときに私の高校とプナホウ高校の夏季交換プログラムというのがあって、それで一ケ月ハワイでホームステイしながら高校で英会話の授業を受けたんです。プナホウはご存じかと思いますが、前大統領のオバマ氏が通っていた高校です」

「へー、オバマと同窓生なんだね」

　ジェフがまた相槌を打ってくれる。

「この体験が素晴らしかったので、またアメリカに行きたいと思い、大学生のとき、今度はアメリカに一年留学しました。ポートランド州立大学です。雨が多いところだったけど、その分緑が多くてきれいな街でした。こうした経験を活かして、国際的な仕事をしたいと思って商社に入りましたが、海外と関われるような仕事はできませんでした。その頃、通訳ガイドという仕事があることを知り、外国人に日本を紹介する仕事というのがとても興味深くて、挑戦してみることにしました。まだ二年目ですが（実際には四ケ月しか経っていないが、年を越したのであながち間違いではない）、予想していた以上に面白い仕事です。この仕事をすることによって、改めて日本の良さに気づいたんです」

「そうだよ、日本は素晴らしい国だよ」と今度はロバート。

「みなさんがおっしゃった、日本にはゴミが落ちていないということだけをとっても、実はすごいことなんだと、逆に外国の人たちから教わりました。日本人であることに誇りも感じるようになりました。また、世界中からのお客様をお迎えし、仲良くなれるというのも素晴らしいことです。こんな……素晴らしい……仕事……」

私は話しながら、感極まってしまった。

「がんばれ、ミオ！」

「こんな素晴らしい仕事、他には……ないと……思います」

今まで通訳ガイドになろうとがんばってきたが、どこかに後悔の念を残していた。私にとっての国際的な仕事というのは、海外に駐在して働くことだったから。でも今この瞬間、通訳ガイドの仕事こそが国際的な仕事、自分にとってやりがいのある仕事だったんだと、自己紹介をしながら初めて気づくことができた。

「涙ぐんでしまい、すみませんでした。話しながら、自分がいかに恵まれた立場にいるのか、改めて実感できたんです。私に話をする機会を与えてくださり、ありがとうございました」

客席からの拍手は、しばらく鳴り止まなかった。

途中、談合坂サービスエリアでトイレ休憩をし、その後のバス内では久保田一竹美術館のＤＶＤを流した。この美術館では館内でも英語版のＤＶＤが見られるが、視聴室が狭いので団体の場合は事前にＤＶＤを貸してくれる。

河口湖畔の大石公園には、ほぼ予定通りの一〇時半に到着した。ここは晴れていたら絶好の富士山ビュースポット。だが今日はあいにく曇っている。陽射しがなく、しかも風が強いので、かなり肌寒い。富士山は、なだらかな麓だけがかろうじてわかる程度で、上半分は完全に雲に隠れていた。湖畔は植物園のようになっていて、春から夏にかけてはラベンダーをはじめいろいろな花が見られるが、三月初旬にはほとんど何も咲いていない。ブルーベリー・ソフトクリームや売店、トイレをご案内し、二〇分ほど自由時間にした。

集合時刻になると、さすがにジェフも今日は戻っていて、バスは予定通りに出発できた。ジェフのおかげで、他のお客様も時間には敏感になっているようだ。富士山が見えないので、車内の空気はなんとなく重たい。みんながっかりしている様子が伝わってくる。でもガイドまで落ち込んでいては、さらに雰囲気が暗くなる。

気を取り直して、次の訪問地である久保田一竹美術館の説明を始めた。ここは、久保田一竹氏が、「辻が花」と呼ばれる古い染色技法を復元して制作した着物が展示してある美術館だ。まるで着物がキャンバスのようで、富士山をはじめ、美しい風景画が染められている。展示室自体も太い丸太を組んだログハウスのようになっていて、木の香りに包まれて落ち着く空間だ。お客様には事前にバスの中で美術館のＤＶＤを見てもらったので、後は実物を見てもらうだけだった。

見学が終わると、みんな満足げだった。バスに乗る際に、口々に「素晴らしい美術館だったよ」「本当にきれいだった」と感想を伝えてくれた。さっきまでのがっかりした表情が笑顔に変わり、私もホッとした。

次はランチ。山梨名物ほうとうだ。平べったいうどんのような麺が特徴で、汁には多くのきのこや野菜が入っていて、栄養たっぷり。それに今日のような寒い日には身体も温まる。お客様も喜んでくれると思った。

レストランに到着し、料理が運ばれると、数人のお客様から声が上がった。

「フォークをもらえない？」

そうか、箸を使えない人もいるんだ。昨日の昼食は鉄板焼きで、ナイフとフォークが付いていたので気づかなかった。お店の人にフォークを数本もらって、配って回った。でも、フォークを使っても食べづらそうだった。

特に年配の男性ケビンは、麺をフォークですくっては汁の中に落とし、それを何度も繰り返していた。ようやく麺を食べられたが、テーブルの上は飛びはねた汁だらけだった。服も汁で汚れるのではと思い、あわてて店から大きめの紙ナプキンをもらってケビンに渡し、喉元に差し込んで服の上に掛けてもらった。

他の人は、みんな上手に食べている様子。さっき教えた日本語で、「オイシイ！」と言っている声も聞こえて一安心だった。

次の目的地は箱根。相変わらず雲に覆われている富士山の東側の裾野を通り、御殿場を経由し、乙女峠を越えて箱根に入る予定だ。御殿場に近づくにつれ、さっきからの風がだんだん強まってきた。強風だとバスに乗っていても揺れを感じる。この分だと、もしかしたらロープウェイや遊覧船が止まるかもしれないと、心配になってきた。電話で確認すると、案の定、運行を見合わせているとのことだった。

「どうしよう……」

思わず日本語でつぶやいた。菊林運転手にも聞こえたようだ。

「電話してるのを盗み聞きして申し訳なかったけど、ロープウェイと遊覧船が止まってるんですか？」

「そうなんです。どうしたらいいでしょうか？」

「どうするか決めるのは、ガイドのあなたでしょ」

「そうでした。弱気になっていました」

「そういえば空は晴れてきましたね」

窓の外を見ると、雲の動きが速く、青空が広がり始めていた。

「もしかして、富士山の雲もこの風が吹き飛ばしてくれないですかね」

「だったら、富士山の見えそうな場所に行ってみましょうか？」

「えっ、どこかありますか？」

「三国峠なんかいいんじゃないですか？」

グーグルマップで確認してみると、芦ノ湖からも近いので、スケジュール的にも問題なさそうだ。地名をクリックすると、峠からの美しい富士山の写真が現れた。

「じゃあ、三国峠にお願いします」

「でも、芦ノ湖スカイラインの道路料金がかかりますよ。大丈夫ですか？」

「はい、私のほうでなんとかします」

先に行程を決めてからスマイル旅行の松宮さんに電話を入れた。最悪の場合、自分で払おうと思っていた。すると、海賊船とロープウェイに乗れないのであれば、その分のお金を道路代に回してもよいとの了承が得られ、ホッとした。

お客様にも現状を伝えた。まずはマイナスの情報から。ロープウェイにも海賊船にも乗れないと知ると、ブーイングが起こった。特に小学生のピーターは一番後ろの席から叫んだ。

「オー、ノーーー！　海賊船に乗るって言ったじゃないか、ウソつき！　今日はそのために『ワンピース』のＴシャツも着てきたのに！」

私は何も言い返せなかった。その後で、富士山が見えるかもしれない展望ポイントに行くことを伝えるが、さっきまで雲に覆われていた富士山が本当に見えるのかと、みんな懐疑的だった。誰一人拍手をしない。私も急に不安になってきた。後は運を天に任せるしかなかった。

芦ノ湖スカイラインに入ると、青空は一層広がっていた。三国峠に着く前に、すでに富士山の頭が何度か見え隠れしていて、お客様もそれに気づいて声を上げた。

「オー、あれが富士山か？」

三国峠に着くと、まだ風は強かったが、富士山を覆っていた雲はなくなっていて、雪を被った威容を見ることができた。みんなカメラを持ってバスを降りると、一斉に写真を撮り始めた。私も夫婦や家族連れの写真を撮ってあげた。もちろん一人参加のジェフにも。

みんな満足した笑顔でバスに戻ってきた。

「ミオ、ありがとう！」

「いいえ、私でなく天気に感謝してください。この場所を提案してくれた菊林運転手にも」

「イェーイ、キクバヤシ、キクバヤシ！」

菊林コールが起こった。

そう言えば、風が少し収まってきたようだ。もしかしたら、交通機関も動き出しているかもしれない。電話で確認してみると、海賊船は止まったままだが、ロープウェイはちょうど今運転を再開したとのことだった。普通のロープウェイは一本のロープにゴンドラが吊られているが、箱根ロープウェイはロープが二本あるため、かなりの安定性がある。そのため、遊覧船や近くの駒ヶ岳ロープウェイが止まっても、箱根ロープウェイだけは動いていることが多い。

桃源台までバスで移動し、そこから大涌谷まで箱根ロープウェイに乗った。ロープウェイからも富士山が見えるはずだったが、残念ながらまた雲に覆われてしまった。三国峠に行っておいて、本当によかった。

「ミオ、素晴らしい判断だったよ」

みんなも口々に褒めてくれた。自分の功績とは思わないが、それでもみんなが喜んでくれたことがとても嬉しかった。

ロープウェイは、約二〇分で標高一〇四四メートルの大涌谷駅に到着した。先に到着していたバスを見つけ、お客様に場所を教えると、ここでは自由行動にした。

大涌谷は硫化水素などの火山ガスが噴き上げ、独特の景観を楽しむことができる。それと共に、このガスを利用して玉子を茹でているのだが、硫黄が殻のカルシウム成分と反応して玉子が真っ黒になる。「黒玉子を食べると七年寿命が延びる」と宣伝され、販売所にはいつも行列ができている。でも、今日はさすがに一時ロープウェイが止まっていたこともあり、空いていた。私は人数分の黒玉子を買った。

集合時刻には、ジェフを含めて全員バスに戻っていた。バス内で黒玉子を配る。

「今からみなさんに寿命をプレゼントします。これを食べると七年長生きできますよー」

一人ずつに玉子を配って回った。みんな嬉しそうだった。

後は熱海のホテルに向かうだけ。やっと気持ちが落ち着いた。

熱海は東京から新幹線こだま号でわずか四〇分と近く、気軽に行ける温泉地である。高度成長期には、社員旅行の聖地として、大宴会場のある大型ホテルが次々に誕生していった。しかし、時代は変わった。大規模な宴会旅行を行う企業が激減し、その代わり、家族連れや友達同士などの少人数の旅行が増えた。昨今は外国からの旅行者でも賑わっている。宴会旅行にこだわっていた老舗のホテルが倒産する一方、こうした新しい顧客に対応するホテルが新たに誕生し始めている。温泉に入ってみたいという外国人旅行者は、その多くが東京から近い箱根や熱海のホテルを訪れる。

食事に関しても、以前は熱海のホテルや旅館というと、宿泊者は豪華な宴会料理を食べるものと決まっていたが、今はそうとは限らない。格安で宿泊でき、バイキング形式で料理を提供したり、食事なしで素泊まりできる宿も増えている。

今夜の宿、温泉リゾート熱海に到着すると、ロビーで鍵を配り、今後の予定を再度伝える。予定はバスの中で伝えてあるが、よく聞いていない人もいるので、確実に伝えるためには繰り返すことが重要だ。まして、和室の温泉ホテルは普通のホテルに比べて相違点が多いので、きちんと理解してもらわないとトラブルになりかねない。

「お客様の部屋はすべて和室です。床は畳ですから、部屋の入口で必ず靴を脱いでくださいね。ベッドがありませんが、驚かないでください。夕食を取っている間に、ホテルのスタッフが布団を敷きに来ます。夕食は七時から五階の宴会場です。みなさん浴衣を着てきてください。サイズが合わない方は、フロントに電話してください。特大や特小サイズと交換しに来てくれます。温泉は二階です。温泉に行くときも浴衣だと脱ぎ着しやすいので便利ですよ。また館内はスリッパで歩いて大丈夫です。温泉に行ったら、必ず脱衣場ですべての衣類を脱いで裸になってください。さっきも言いましたが、水着を着て入ることはできませんよ。身体を洗ってから湯船に入ってください。小さなタオルだけは浴室に持っていくことができますが、身体を洗うためなので、決して湯船には入れないでください。何か質問はありますか？」

こんなにたくさんの情報、一度や二度聞いただけで理解しろというのは無理があるかもしれない。でも、夕食の集合時刻や場所など、重要事項を書いたメモを全員に渡してある。

「何かわからないことがありましたら、私の部屋は３１５号室ですので、いつでもご連絡ください」

部屋番号もメモに書いてあるので、これで大丈夫だろう。メモを渡すことによって、発音が紛らわしい15（フィフティーン）と50（フィフティ）の聞き間違いなども防げる。

フロントで夕食時刻や食事制限のある人の確認、明日のモーニングコール、出発時刻の確認などを済ませると、ようやく部屋に入ってくつろげた。部屋は全室相模湾に面している。熱海は斜面に広がる街なので、海から少し離れたこのホテルでも、ちゃんと海が見渡せる。海を見ているると開放的な気分になる。仕事とはいえ、こういうホテルに泊まれるのは嬉しい。

お茶を入れて、テーブルの上にあった饅頭を食べて一息つくと、スーツケースに入れてきた自分のパソコンを起動し、今日の報告書と精算書の入力を行った。これを毎日やっておくと後が楽だ。ツアーが終わってから数日分まとめて入力しようと思うと、内容を思い出すのに時間がかかったりして、倍の時間と労力が必要だと先輩が言っていた。領収書もどれがどこからもらったものか、わからなくなりやすい。例えば、観光施設から領収書をもらっても、そこには施設名ではなく運営している会社名しか書かれていないことも多いためだ。

一通り業務が終わると、夕食までにまだ一時間以上あるので、温泉に行ってみようと準備を始めた。と、そのとき、部屋の電話が鳴った。仲居さんからだ。

「５０５号室のお客様が、靴のまま部屋に入っています。私、英語が話せないので、ガイドさんなんとかしてください！」

英語が話せなくても、靴を指さして「ＮＯ」と言えば伝えられるでしょう、と思うが、靴の注意が全員に行き渡らなかったのは私のミスでもある。５０５号室はジェフの部屋だ。まったくもう、どれだけ私に迷惑を掛けたら気が済むのよ！

部屋に行くとまだ靴を履いたまま窓際の椅子に腰掛けて鼻歌を歌っているジェフがいた。

「やあミオ、何か用事でもあるの？」

「何かじゃないですよ！　靴は入口で脱いでくださいって説明したでしょ！」

「えっ、そうだっけ。ごめんごめん」

そう言いながら、靴のまま入口に歩いて行こうとした。

「待って！　靴のまま歩いたら、また畳が汚れちゃうじゃないですか！」

「わかったよ。ここで脱げばいいんだろ？　日本に来たのは初めてで、わからないことばかりなんだから、そんなに怒らないでくれよ」

不機嫌な顔をしたが、仲居さんと一緒に畳を拭き始めた私の姿を見ると、さすがにジェフもおとなしくなった。

部屋に戻ると、少し時間が短くなったものの、まだ夕食まで時間があるので予定通り温泉に行くことにした。温泉に来ようと思っても、プライベートではなかなか機会がない。

身体を洗って湯船に浸かると、思わず口に出る。

「あー、極楽ごくらくぅー！」

「何て言ったの？」

横を見てビックリした。すぐ近くにエマがいた。湯気でよく見えなかったのだ。一人でリラックスできると思ったら、お客様と一緒になり、また頭は仕事モードに戻った。それでも、エマが、

「温泉はとても気持ちがいいわね」

そう言ってくれて、私もなんだか嬉しくなった。

夕食が始まる二〇分前に宴会場に行った。料理の内容や、食事制限のあるお客様の料理がきちんと用意されているかを確認する。また、ドリンク類のメニューや価格も確認しておく。仲居さんは、フィリピン人だった。最近は外国人の仲居が増えている。人手不足解消とインバウンドへの対応で、一石二鳥のようだ。中国や東南アジアの人が多いが、特にフィリピン人は英語が流暢に話せる。これなら、お客様からのドリンクの注文も取ってもらえそうだ。

デザートを出す際に、一人のお客様分だけケーキを追加して、バースデーキャンドルを立ててもらうことも再度確認しておいた。そう、今日はキャサリンの誕生日だ。こうしたことは名簿で誕生日を確認して、宿泊の数日前から依頼しておく。そうでないと、当日になってからケーキとキャンドルを用意してほしいと言っても、対応してくれないことが多いようだ。

一〇分前になると、お客様が集まり始めた。まずは全員で集合写真を撮ろうと思い、宴会場に誘導せずにエレベーターホールで待機してもらった。ホールにはソファもあるがみんな座ることはなく、写真撮影大会が始まった。みんな楽しそうだった。

あっ、アナとルイーズの女子二人組が浴衣を左前に着ている！　バスの中で、左前に着るのは死人だけだという話をしたが、やはり間違える人は出てくるものだ。二人を洗面所に連れ出し、そこで直してあげた。

　全員揃ったので、集合写真を撮ることにした。私がみんなからカメラを預かって撮ろうとしたら、

「ミオも一緒に入ってよ」

　ジェフに言われ、仲居さんに撮ってもらうことにした。

　写真撮影が一段落すると、お客様を和室の宴会場へ誘導した。低いテーブルに座椅子が用意されている。年配のお客様は座りづらそうだったが、なんとか全員席に着くことができ、懐石料理の夕食が始まった。まずは料理に付いている食前酒の梅酒で乾杯。テーブルには、きれいに盛り付けられた前菜と、金目鯛を中心とする刺身がすでに置かれていた。その後、茶碗蒸し、野菜の煮物、天麩羅、ブリの煮付けなど、次々と出てきた。仲居さんが陶板に火を付けて回った。中には牛肉が入っていて、これが今日のメイン。刺身は残すお客様もいたが、天麩羅と牛肉は大好評だった。料理の締めに、ご飯、味噌汁、漬け物が出された。

「日本人は毎日こんなにたくさん料理を食べるの？」

「それなのに、なんで日本人はみんなスマートなのよ？」

「ミオはまったく残してないね。すごいな！」

次々に質問や感想が飛び出す。日本の懐石料理は外国人を驚かせるのだ。私もさすがに最後のほうは苦しくなってきたが、意識して、美味しそうに残さずに食べた。これは桃也からのアドバイス。彼も海外添乗に行くときは絶対に料理を残さないと言っていた。添乗員が残したら、それは美味しくないことを意味する。自分が美味しそうに食べることによって、食事の評価も上がると言っていた。それには納得できた。

「いいえ、毎日こんなに食べているわけではありませんよ。でも、今日の料理はとっても美味しいから、全部食べちゃいました！」

最後にフルーツとプチケーキのデザート皿が出てきた。十九人分のデザートがテーブルに置かれた後、部屋の電灯が消えた。火の灯ったキャンドルで飾られたケーキが運ばれてくる。私は歌い出す。

「ハッピバースデイ　トゥーユー♪」

すると、他のお客様も唱和してくれた。特にアナとルイーズの声がきれいに響いていた。ケーキ皿がキャサリンの前に置かれた。

「お誕生日おめでとう、キャサリン！」

私に続いて、みんなからも「ハッピーバースデー！」の声が次々と上がる。私は用意していたプレゼントを渡した。

「ありがとう、ミオ。みんなに祝ってもらえて本当に嬉しいわ！　これ開けてもいい？」

「はい、もちろん」

「まあ、とってもきれい！」

「桜のデザインの箸置きです。二つあるので、ご主人と一緒に使ってください。なんでこれを選んだかって言うと、バスの中で紹介したように、私の名前が美しい桜っていう意味だからです。だから、これを見たら私を思い出してくださいね」

「浅草で箸を買ったから、ちょうどいいわ。ぜひ使わせてもらうわね！」

二人が箸を買ったのは知っていた。読みが当たり、我ながら大成功だと思った。


アラームは六時半にセットしていたが、翌朝は六時過ぎに自然に目が覚めた。カーテンを開けるとちょうど相模湾から朝日が昇るところだった。この素晴らしい景色を見られたのは幸運だ、今日もいい一日になると思えた。

朝食はバイキング。海辺の温泉ホテルだけあって、アジの干物、かまぼこ、いかソーメン、しらすおろしなど、魚介類を使った和食の占める割合が高かった。でも、お客様の多くはパン、ソーセージ、スクランブルエッグといった洋食コーナーに集まっていた。夕食は和食を楽しんだお客様も、朝食は保守的になるようだ。

一〇時にロビーに集合すると、熱海駅まではホテルのマイクロバスで送ってくれた。菊林運転手はバスにお客様のスーツケースを積んで、朝早く京都に向けて出発していた。新幹線で移動する私たちを、京都駅で迎えるためだ。通訳ガイドも大変な仕事だが、朝早くから夜遅くまで勤務しなければならない運転手は、体力的にはガイドよりずっと大変な仕事だと思った。

熱海駅には新幹線の出発時刻より二〇分前に到着したので余裕があった。各自に指定席が印字された切符を配り、ＪＲローカル線の構内を抜けて新幹線の改札を通る。ホームに早めに到着したので、みんなには通過列車を見て楽しんでもらえた。外国人は超高速列車である新幹線乗車を楽しみにしている人が多いが、いざ乗ってみると車体が安定しているせいか、それほどスピードを感じないものである。むしろ、通過する新幹線を見るほうが、迫力があってみんな驚く。

でも注意が必要だ。みんな少しでも近くで写真を撮ろうと、黄色い点字ブロックの線をはみ出してしまう。案の定、問題児のジェフが線より前に出て、フェンスに寄りかかってカメラを構えていた。注意する前に駅員に見つかった。

「そこー、下がりなさーい！」

当然、駅員から怒られることになる。ただし、怒られるのはお客様ではなくて通訳ガイド。

「ガイドがみんなにしっかり指導してくれなきゃ困るよ！」

私だって困る……。

新幹線の出発時刻は一〇時四一分。こんなに遅い時間なのは、ひかり号に乗るため。熱海駅に停車するひかり号は一日に数本しかない。こだま号だと京都まで約三時間かかるが、ひかり号なら約二時間だ。熱海駅からこだま号に乗って、途中駅でのぞみ号やひかり号に乗り換えるという方法もあるが、スマイル旅行社ではお客様に乗り換えのわずらわしさを味わわせず、車内でリラックスしてもらうために直通列車を選んでいた。

列車が到着する前からお客様を指定席のある6号車の乗車位置に並ばせ、ドアが開いて下車する客が終わるとすぐに車内へ誘導した。ドアの外で人数を数えていたが、なぜか十八人で止まった。ジェフが乗ったのは確認済みだ。振り返ると、ケビンが階段のほうを向いている。

「妻がトイレに行って戻ってこないんだ」

もう発車のベルが鳴っている。どうしよう。次の列車に乗ってもらうしかない。

「三分後に、次の列車が来ます。同じ6号車に乗ってください。自由席なので、好きな席に座ってください。各駅に停まるので、京都駅までは約三時間かかります。京都駅では私がホームに迎えに行きます。もし、その列車にも間に合わなかったら電話ください」

6号車はひかり号では指定席だが、次のこだま号では自由席だ。

早口で説明して、ひかり号に乗り込むと同時にドアが閉まった。すると、ケビンの奥様リンダが走ってくるのが見えた。わずか数秒の違いだった。でも、これで次のこだま号にも乗り遅れるという最悪の事態は避けられそうだ。

ひかり号が京都駅に到着したのは一二時四五分、ケビンたちの乗ったこだま号の到着予定は一三時四〇分。五五分違いだ。幸い昼食は京都駅ビル内のレストランなので、十八名のお客様を案内してからホームに戻ってこられる。レストランは駅ビルの上層階にあるので、新幹線のホームから団体を引き連れて行くには少し時間がかかる。着いたときにはもう午後一時になっていた。

みんなを席に着け、料理の説明をして飲物の注文を取ると、もう一時二〇分。目の前の料理を見てお腹が鳴った。通訳ガイドの仕事は走り回るし、神経を使うせいか、いつもよりずっとお腹が空く。メインのチキンの他に、おばんざい風の料理がきれいに盛り付けられていた。お客様には二時に戻ってくることを伝え、泣く泣く新幹線のホームに向かった。

（団体は自分も休めるから楽だなんてウソ。昼食さえ取れなかった！）

このツアー中にすでに何度も心の中でそう叫んでいた。

ケビンとリンダの夫妻とは無事新幹線のホームで会うことができ、レストランに連れてきてみんなと合流した。みんな拍手で迎えてくれたが、二人とも気まずそうだった。午後も予定が詰まっているので時間は限られていたが、私も夫妻も少しだけだが料理を口にすることができた。

　午後は、二条城、金閣寺の見学と、茶道体験。金閣寺は午後五時に閉まるので、ゆっくりしてはいられない。料理を全部食べることはできなかったが、予定通りの時間にレストランを出た。京都駅八条口のバス乗降場に行くと、菊林運転手が熱海から走らせてきたバスが待っていてくれた。

「長時間の運転ありがとう、キクバヤシドライバーさん！」

　マイクを通してお礼を伝えると、みんなも大きな拍手をしてくれた。この瞬間、お客様も運転手も私も、みんなで一つの家族のように思えた。

　二条城は、一六〇三年に初代徳川将軍の家康が造ったお城だ。家康の本拠地はもちろん江戸城だが、京都に来たときに滞在するために建てた。また、京都御所からも遠くない地に城を築いたのは、朝廷を守るという大義名分はあるが、朝廷の動きを探るという目的もあったと言われる。天守閣や本丸は十八世紀にすでに落雷で焼失しているので、残されているのは二の丸御殿だけ。それでも、本丸の機能も二の丸御殿が担ったため、遠侍《とおざむらい》と呼ばれる受付、大政奉還を宣言した大広間、将軍の私的な空間である白書院など、江戸時代を偲ばせる歴史的に重要な部屋を見ることができる。私は主だった部屋を説明しながらお客様を誘導していった。

「家具はないの？」

「思ったよりずっと地味な建物だな」

多くの外国人は、将軍の城に対して、ベルサイユ宮殿のようなイメージを持っているようで、二条城のシンプルな造りに驚く。でも、日本文化がわかってくるにつれ、折り上げ格天井《ごうてんじょう》やきらびやかな襖絵などに美を感じる人も増えてくる。将軍の私的な部屋の質素な装飾を見て、「ワビサビの世界だね」という感想を言ってくる人もいたので、面白い。

二の丸御殿を見学した後は、茶人であり作庭家でもあった大名小堀遠州が改修したと言われる庭園も少し散策した。

次の金閣寺に到着したときにはすでに四時一〇分になっていた。三月になると日照時間がだいぶ長くなっているのがありがたかった。晩秋から初冬だと、この時間には薄暗くなり始めている。また、去年の秋に金閣寺を下見に来たときは、観光シーズンのため日本人が多いのはもちろん、外国人、さらには修学旅行生も多く、写真を撮るのも大変だった。幸い桜が咲く前の今の季節は空いている。この時期には修学旅行が行われることも少ない。

鏡湖池《きょうこち》の対岸からみんなで美しい金閣をゆったりと眺めることができた。

「みなさん、今日はとてもラッキーですよ。こんなに空いている金閣寺を見たのは初めてです。ゆっくり写真を撮ってくださいね」

誇らしげにみんなに大声で伝える。ここに来るのは自分の修学旅行を除けばまだ二度目だが、一度目より空いているので嘘ではない。

金閣寺は仏教寺院であるが、それにしてはあまりにもきらびやかだ。その理由は、この建物が仏教寺院として建てられたわけではないから。室町幕府の三代将軍足利義満が、引退後の住まいとして建てた。義満は隠居してからも権力を誇示したいと思い、金箔を貼ったきらびやかな邸宅を建てたのだ。そして義満の死後、遺言によりお寺となった。正式名称を鹿苑寺《ろくおんじ》と言う。金閣の建物自体は舎利殿、つまりお釈迦様の遺骨、仏舎利を安置するためのものである。

ただ、この建物は戦後に再建されたもの。京都は第二次世界大戦中もほとんど被害に遭わず、古い神社仏閣が江戸時代、さらには室町時代から、そのままの形で残されているものも多い。京都では「先の戦争」というと第二次世界大戦ではなく、十五世紀の応仁の乱を指すとも言われるのもこのためだ。ではなぜ金閣寺が再建かと言うと、七十年ほど前に見習いの僧侶が放火したため。動機については様々な憶測があるが、病弱や吃音症で悩む僧侶が、完全な美を誇る金閣寺に反感や嫉妬を感じたためとも言われる。この事件を元に、三島由紀夫が『金閣寺』という小説を書いている。

全員写真撮影が済むのを待ち、それからお客様を誘導しながら順路に沿って進んでいく。義満が植えたとされる陸舟《りくしゅう》の松や、金閣寺内部の写真が掲示されている所など、何か所か止まって説明も加える。鯉が滝を登って龍に変身するという伝説を元にした龍門の滝を説明すると、ピーターが叫んだ。

「スゲー！　それって、コイキングがギャラドスに進化するってことだよね！」

私が何のことを言っているのかわからずポカーンとしていると、ジェフが答えた。

「本当だね！」

どうやらポケットモンスターに出てくるキャラクターらしい。ピーターは、自分のスマホでポケモンGOのアプリを開き、コイキングとギャラドスの画像を見せてくれた。コイキングという魚型のポケモンを進化させると、龍のようなギャラドスというポケモンになるという。アニメやゲームも馬鹿にできない。

見学コースの最後には土産物屋がある。でも、もうすぐ駐車場が閉まる時間で、寄ることができない。そのことを伝えると、

「お土産を買いたいんだけど」

「私も！」

次々に土産を買いたいという声が上がる。ここが今日、土産を買える唯一の場所だ。

「ごめんなさい。今日は時間が取れません。明日必ず、お土産を買う時間を取りますので、ご協力お願いします」

みんな仕方ないという表情で、両方の手の平を上に向けて肩をすくめるジェスチャーをすると、駐車場に向かってくれた。素直な人たちでありがたい。

最後は茶道体験。最近、京都では外国人のために英語で茶道体験教室を開いている施設が増えている。今日の体験も、東山地区にあるそんな施設の一つで行われた。靴を脱いで和室に入ると、畳に座るのが苦手な人のために椅子も数脚用意してくれていた。ここではガイドの出番はない。むしろガイドが出しゃばると、英語で説明してくれる亭主に嫌な顔をされる。私も参加者の一人になって、三十代半ばと思われる着物姿の女性の亭主の進行に従った。

まずはお点前を見せてくれる。このときは無言で、張り詰めた空気を感じる。その後で、茶道の簡単な歴史から始まり、「和敬清寂」といった茶道の精神や、茶道具の説明などをしてくれた。次に参加者全員に茶碗と茶筅が配られ、一人ひとりがお茶を点てる体験をする。手首をうまく使えず、お茶を泡立てることができない人が多いので、亭主が回って手伝った。お茶を点てると、今度は飲む体験。飲む作法を実演しながら教えてくれる。私は、みんなのカメラを預かって、お茶を点てたり飲んだりしているところを写してあげた。浜離宮で体験したように、美味しいと言っている人と、「苦い！」と言って残す人に分かれる。

抹茶を飲み終わると、最後は質問コーナー。

「茶道をマスターするには何年かかるんですか？」

「そうですね、私は十年前に始めたのですが、まだまだなんです。一生学び続けなければなりませんね」

「どうして茶道を始めたんですか？」

「母親がやっていた影響でしょうか。子供の頃はまったく興味なかったのに、大人になってから魅力を感じ始め、母親に教えてもらいました」

プライベートな質問にも愛想よく答えてくれる。

質問は尽きなかったが、終了時刻になったので打ち切った。でも、質問がたくさん出るということは、それだけ茶道に興味を持ってくれていることの表れなので嬉しい。

今日の宿泊先、新京都ホテルに到着すると七時を過ぎていて、空は真っ暗だった。今日の夕食はツアーに含まれていないが、ホテルは京都駅八条口に面しているので、周囲には飲食店がたくさんあって便利だ。駅ビルにも飲食店街があるし、周辺のショッピングセンターにも飲食店がたくさん入っている。自由にしようかと思ったが、初日からお客様にはジェフの遅刻で迷惑を掛け、今日も二人のお客様の新幹線乗り遅れで不安にさせた。そのお詫びというか、名誉挽回のためにも、希望者を京都駅の探検と拉麺小路に案内することにした。

希望者には荷物を部屋に置いてすぐにロビーに下りてきてもらった。参加者は二十人中、十二人。疲れていても多くの人が参加してくれて、案内しがいがある。

京都駅ビルは二十年前に建てられた近代的な建築物だ。北側の広いアトリウム（吹き抜け）は圧巻の景観である。エスカレーターを乗り継いで上がった先にある大階段では、毎晩「グラフィカル・イルミネーション」というライトアップを行っている。百二十五段の階段にちりばめられた一万五千個のＬＥＤライトが様々な模様を描き、それが刻々と変化していく。階段そのものが巨大なスクリーンだ。今月は桜のデザインがメインになっているようだ。お客様も感心しながら見入っていた。

一〇分くらい見学した後、さらにエスカレーターを乗り継ぎ、最後は階段を上って屋上に着いた。ここから京都の夜景が見下ろせる。ただ東京と比べ、京都の夜景は古都の雰囲気を壊さないように控えめだ。少し眺めた後、駅ビル内の拉麺小路へ案内した。ここにはラーメン店が十軒近く並んでいる。どこも満席のようだったが、目当ての店は外に三人ほどしか並んでいなかったので、みんなの了解を取り、そこに入ることにした。先に食券を買うシステムだが、みんなどれを注文してよいか迷っていた。

「私はこれをお勧めしますよ」

チャーシュー入り味噌ラーメンのボタンを指すと、みんな次々に同じラーメンの食券を買い始めた。ガイドの影響力は大きい。

ケビンが私に話し掛けてきた。

「ミオはどれがいい？　今日は迷惑を掛けたからご馳走させてもらうよ」

奥さんのリンダも、隣で微笑みを浮かべながら頷いている。

「いいえ、迷惑だなんて。気にしないでください」と遠慮する。ドイツ人夫妻に散々言われた「Don't worry」と自分が言っているのが可笑しかった。

「じゃあ、君がお勧めしてくれたラーメンでいいね？」

結局、ご馳走してもらうことになった。今日は言われる前に、店員にフォークと大きい紙ナプキンを用意してもらった。

夜の自由時間も少なくなったが、ラーメンで身体が温まっただけでなく、ケビンのおかげで心まで温かくなった。

第五章　今度遅れたら置いていきますよ！

四日目、最終日の朝を迎えた。今日も盛りだくさんの観光内容だ。訪問先は伏見稲荷大社、奈良の東大寺、酒造見学、昼食、三十三間堂、清水寺。観光後、宿泊地の大阪のホテルに向かうというもの。朝八時にホテルを出発し、マイクで一日の行程を説明する。

「今日は京都と奈良の素晴らしいお寺を三ケ所と、神社を一ケ所回ります。それから酒造見学もしますよ」

「えっ、またお寺と神社？　もういいよ！」

「他に行くところないの？」

「昨日だってお寺二ケ所行ったじゃないか！」

次々にブーイングが起こる。確かに東京でも浅草寺と浅草神社に行っているし、昨日もお寺を二ケ所、いや、昨日のお寺は金閣寺だけだ。二条城もお寺だと思われたのかもしれない。でも、予定を変更するわけにはいかない。ツアーではよほどの事情があって、全員のお客様の同意が得られない限り、訪問先を変更することは許されない。

「それぞれ素晴らしい場所ですから。ぜひ行きましょう。ちなみに昨日行った二条城はお寺ではありませんよ」

「えっ、違うの？　なんかお寺っぽかったけどな」とジェフ。

「かつて将軍のお城だったたって説明したじゃないですか！」

ジェフの勘違いを責めたいわけではなく、私の説明が伝わっていなかったのが悲しかった。二条城に限らず、私の説明、本当はあまり伝わっていないのかもしれない……。

他のお客様もそれ以上文句は言わなかったが、不満そうな様子は変わらなかった。

最初は伏見稲荷大社。ここは稲荷山の山頂まで続く一万基もの鳥居が神秘的な雰囲気を醸し出している。アメリカ映画『SAYURI（Memoirs of a Geisha）』にも登場するし、写真で見たことがあるという外国人も多い。トリップアドバイザーで日本の人気ナンバーワン観光地に連続で選ばれていることもあり、外国人観光客には大人気のスポットだ。秋に下見に来たときには、まるで朝の新宿駅の階段を歩いているような混雑ぶりだった。

でも、さすがにまだ閑散期、しかも朝九時前ということもあって、一番混雑する千本鳥居という鳥居のトンネルのような人気の場所でも、人が誰も写っていない神秘的な写真を撮ることができるほど。結果は大好評だった。

「みなさん、いいところだったでしょ？」

「うん、確かに素晴らしい神社だったよ！」

みんな大きく頷いてくれた。

続く奈良の東大寺。京都から一時間ほどかかるが、数年前に高速道路が全区間つながったので、行きやすくなったようだ。それ以前は途中で一度高速を下りて、一般道を走り、その後また別の高速に乗らなければならなかったらしい。バスの中では東大寺の大仏や大仏殿の説明に加え、鹿の説明もする。大仏よりも、鹿に興味のありそうな人が多い様子だった。

「これから東大寺を見学します。境内には神の使いと見なされている野生の鹿がたくさんいます。鹿せんべいを買って、鹿に与えることができます。もらう前にお辞儀をする丁寧な鹿もいますが、突いたり噛みついたりする乱暴なのもいますから、十分注意してください。大仏を見学した後に、鹿にせんべいをやる時間がたっぷりありますから、行きには鹿せんべい買わないでくださいね」

「ＯＫ！」

みんなそう言ってくれたのに、小学生のピーターが母親にねだったようで、気づいたときにはすでに鹿せんべいを買っていた。ピーターは子供だからわがままを言うのも仕方ないが、母親も母親である。こういう機会に子供に団体行動の大切さを教育してほしい。でも、お客様にそんなことは言えない。

ピーターがせんべいを受け取ると同時に、五頭の鹿が近づいてきた。鹿たちは、観光客がせんべいを買うところをしっかりチェックしているのだ。ピーターは怖くなって逃げるが鹿は追い掛けてくる。さらに二頭加わり、七頭に追い掛けられることになった。角の生えた大きな一頭に追いつかれ、ピーターのジャンパーに噛みつく。ジャンパーには鹿の唾液がべったりと付いた。ついにピーターは束になった十枚の鹿せんべいを、そのまま放り投げた。

六頭は投げられたせんべいに向かって走っていき、せんべいの取り合いとなった。でも大きな鹿はピーターから離れない。まだピーターがせんべいを持っていると思っている様子だ。ついにピーターは泣き出した。母親のエマは急いで駆け寄り、鹿を払い除けてピーターを抱きしめた。他のお客様たちは、あっけに取られてその様子を眺めていた。私も無言で見ているしかなかったが、気を取り直して、みんなを誘導した。何事もなかったかのように。約束を守らなかった親子に同情しては、みんなに示しがつかなくなる。

「はい、では東大寺に向かいましょう」

お客様も観光モードに切り替わった。みんな南大門では二体の仁王像の迫力に驚いていた。門自体が日本で最大級の木造の山門であると共に、仁王像も鎌倉時代に名彫刻家の運慶と快慶が作ったと言われる日本最大級の木造彫刻だ。巨大な像だが細部にもこだわっていて、近寄ると邪気に対する怒りで足の血管が浮き出ているのが見て取れる。

大仏殿に近づくと、今度はその大きさにみな圧倒されていた。これも木造建築としては日本最大の規模だ。でもこれは江戸時代の再建であり、奈良時代に建造されたオリジナルはさらに大規模だったと言われる。戦乱のために二度焼け落ち、現存するのは三代目だ。

正面入口から大仏殿の中に入ると、目の前に巨大な仏像が鎮座していて、その予想を上回る大きさにみな圧倒された。「ワオ！」「アンビリーバブル！」という声があちこちから聞こえてきた。屋内に高さ一五メートルの仏像があるというのは予想を上回る驚きなのだ。建立当初は大仏全体が金で覆われていたとのことだが、奈良時代に拝観した人々はどんなに驚いたことだろう。

大仏の裏に回ると、柱に空いた穴をくぐっている子供たちの姿があった。これは大仏の鼻の穴と同じ大きさで、ここをくぐるとご利益があると言われている。でも実際のところは、穴から邪気を逃すのが目的らしい。すかさずピーターが柱に向かって走っていった。さっきまで泣いていたのに、子供は立ち直りが早い。小さなピーターは難なくくぐれた。穴の反対側では母親がカメラを構えて待っていた。ピーターは一瞬止まって右手でピースサインを作り、写真におさまると、穴から抜け出した。

大仏の見学が終わると、駐車場までは自由に戻ってもらった。帰りに鹿せんべいに挑戦している人も何人かいたが、ピーターの様子を見ていたので、みんな慎重だった。ジェフなどは、うまく鹿にお辞儀をさせていた。

結局東大寺も大好評で、この分では神社仏閣ばかりでクレームになる心配はなさそうだ。

奈良から京都に戻り、酒処で有名な伏見で月桂冠の大倉記念館に向かった。大型バスは途中で細い道を左右に曲がりながら施設の前の駐車場までたどり着いた。よくこんな細い道を大型車が通れるものだと感心する。お客様も不安そうに窓の外を見ていたが、一度も切り返しをせずに通り抜けた菊林運転手に拍手を送った。

大倉記念館は元々月桂冠の醸造所があった場所で、洗米から発酵、濾過に至る酒造りの工程が、木桶など古い道具と共に説明されている。続く史料室では、江戸時代の酒器や、古いポスターなどが展示されていて興味深い。肌を露わにした女性のポスターは、昭和初期にはセクシー過ぎて、使用禁止になったとのこと。

「胸も隠されているし、その頃の西洋の裸体画に比べたらずっと健全なのにね」とケビン。

見学後には二種類の日本酒と梅酒の試飲ができる。外国人が抱いている日本酒のイメージは、強いお酒のようだ。アルコール度数がワインと同じ一五％程度だと知ると、意外そうな顔をする人が多い。中国の白酒《バイチュウ》あたりと勘違いしている人が多いのかもしれない。試飲した日本酒を美味しいと感じた人が多かったようで、併設されているショップで、みんな同じ酒を買い求めていた。

次は昼食だ。見学の済んだお客様をバスに乗せ始めると、突然菊林運転手が大声を出した。

「何してるんだよ！」

「何って、お客様にバスに乗ってもらってるんですけど」

「次どこに行くかわかってる？」

「昼食ですけど……」

「昼食場所にバスが入れるわけないだろう。調べてないの？」

「えっ……」

「しっかりしてくれよ！」

いつもは優しい菊林運転手の厳しい口調に驚いた。そういえば、最終日の今日は気が緩んでいたのか、朝の時点で各訪問地の乗降場所の確認をしていなかったことに気づいた。私は慌ててバスの入口を塞ぎ、すでにバスに乗ったお客様には謝って、昼食場所まで歩いて行くことを伝えて降りてもらった。菊林運転手は、その後は「やれやれ」と言いながらも普段の優しい調子に戻って、昼食場所までの徒歩での行き方と、昼食後のバスの乗車場所を、地図を見ながら説明してくれた。その様子をお客様が不安そうに眺めている。失敗だった。

昼食場所は、なんのことはない、歩いても一〇分ほどの距離だった。また、細い路地の途中には古い木造の建物が並んでいて、気持ちのよい散策となった。この周辺にはかつて酒造所がたくさんあったが、その記憶を留めるため、酒造は廃業しても古い外観だけ残して町並みを保存している。醸造所を改装した趣のあるレストランもあった。

今日の昼食は回転寿司だ。お客様には好きなものを食べてもらうことになっている。最近の回転寿司は生魚の寿司だけでなく、牛肉やハンバーグが載った寿司や、天麩羅、さらには鶏の唐揚げまである。レーンで回ってこないものはタッチパネルで注文もできるが、それはアイスクリームなどのデザート類まで多岐にわたる。

ツアーに組み込む場合に問題となるのは値段。お客様に「予算は一五〇〇円ですよ」と言っても、皿の色で値段が違うし、消費税が外税なので、金額を正確に把握するのは難しい。そこで旅行会社からは「一人に一五〇〇円ずつ渡して、好きなものを食べてもらってください」と言われている。さらに「予算内で収まれば、おつりはお客様に返してもらわなくていいし、オーバーしたら自己負担してもらってください」とのこと。いいアイデアだと思った。

粉茶の作り方、回ってこないものの注文の仕方、わさびは別になっていること、皿の色による値段の違いなどを、各テーブルに回って説明する。説明することが多いので、かなり時間がかかった。お客様の様子を見ていると、サーモンと中トロが人気だったが、寿司を二～三個取ると、後は鶏の唐揚げやフライドポテトなどを注文する人が多かった。説明を終え、ようやく自分の食事をしようとすると、ピーターの声が聞こえてきた。

「見て見て、茶道だよ」

不安になって彼らのテーブルに行ってみた。ピーターは粉茶を入れた湯飲みにお湯を入れると、箸で中の湯を強く掻き回し始めた。昨日体験した茶道の真似をして、泡立てようとしているらしい。

「あっ！」

ピーターと同時に私も叫んだ。湯飲みがテーブルに倒れ、中のお茶がこぼれた。勢いよく流れたお茶はテーブルの端を越え、床にこぼれ落ちた。私は店員に紙ナプキンを借りて、テーブルと床を拭いた。

昼食の時間もあと一五分ほどしかない。私は寿司の皿を二皿取って、急いで食べるとレジに向かった。会計の手伝いをするためだ。本当にゆっくりする時間のないツアーだ。結局ほとんどの人が予算内で済んでいた。バスに戻るとマイクでみんなに話し掛ける。

「昼食は楽しんでいただけましたか？」

「イエース！」「オイシー！」

よい反応が返ってきた。

「よかったです。では、これから余ったお金を集めますから、用意してください」

「えー、余ったお金はもらえるんじゃなかったの？」

「冗談ですよ」

大爆笑が起きた。

「真面目なミオがこんなこと言うとは思わなかったよ。ははは！」とジェフ。

午後の最初の訪問地は三十三間堂。ここだけは下見をしていないので少し不安だったが、歴史や観音像についてはきちんと調べてある。バスは拝観券売り場のすぐ前の駐車場に停められるから、道に迷う心配もない。

ここは十二世紀に後白河上皇が、平清盛の資金援助によって建立した仏教寺院だ。内部には、千手観音坐像を中心に、千体の千手観音立像が配されている。千手観音と言っても、実際には手の数は合掌している手を除いて四十本。頭部には十一の顔が付いている。慈悲深い観音様は、十一の顔で苦しんでいる多くの人を見つけ出し、千手と呼ばれるたくさんの手でできる限り多くの人を救おうとしている。各手には法具が握られ、病気を治したり、知恵を授けるなど、様々な役割を担っている。

この千手観音像が千体も並んでいる様は実に圧巻だ。ここには下見に来なかったので、初めて見る神秘的な光景に、お客様より先に自分が感動してしまった。観音像についてはすでにバスの中で説明していたし、この神聖な空間では大声で説明することは憚られたので、私はお客様と一緒に歩きながら、ただ感激の言葉をつぶやくだけだった。

「素晴らしいですね！」

お客様も口々に、感嘆詞を小声で伝えてくれた。

「ワンダフル！」「ビューティフル！」「アメージング！」

観音像が並ぶ表側の廊下をゆっくりと端まで歩くと、今度は裏側を通って一周するようになっている。裏側には三十三間堂の歴史から、十二世紀にすでに考えられていた耐震構造、また江戸時代に行われていた通し矢などが、日本語と英語が併記されたパネルで説明されている。通し矢というのは、本堂の縁側の端から矢を放って、全長一二〇メートルの縁側の反対側に設置された的に当てる競技だ。二十四時間の間に何本当てることができるかを競うもので、最高記録は一万三千五十三本放ち、八千百三十三本命中させたとされている。計算すると、約七秒毎に矢を二十四時間射ち続けたことになる。しかも命中率はなんと六二％だ。

パネルを見ながら、この通し矢の話題など、面白そうなものを選んでお客様に説明していった。こうしたパネルが絵や写真付きで設置されているのはガイドにとってはとてもありがたい。もちろん下調べしてあったからこそ、パネルを見た瞬間に何のことを説明しているのか掴めるのであるが。我ながらうまく説明できたと思った。

でも、やはり不満を持つ人もいる。

「なんで写真撮影しちゃいけないの？」

常にこの質問からは逃れられない。海外では撮影が許可されている場所が多い。例えば、有名なルーブル美術館や大英博物館など、多くの美術館・博物館では写真が撮れる。また後に火事となるパリのノートルダム大聖堂など多くの宗教施設でも、撮影は許可されている。一方、日本では撮影禁止の場所が圧倒的に多い。十二月のツアーでドイツ人のクラウスに問い詰められてから、私は対応を考えていた。

「ここは宗教施設です。参拝に来る人に迷惑がかからないように、撮影禁止にしているんです。シャッター音が鳴り続けていたら、祈りに集中できないですよね」

一応納得してもらえたようだ。

さあ、あと一ケ所。清水寺が終わったら、後は大阪のホテルに連れて行くだけだ。ツアーの終わりが見えてきて、少し気持ちが楽になってきた。大阪のホテルへの移動に一時間みているので、清水寺では一時間半観光の時間が取れる。これならショッピングの時間も十分取れそうだ。そうでなければ、またお客様が騒ぎ出すだろう。

ところが……。清水寺の駐車場に上っていく五条坂下の交差点の手前からバスが動かなくなった。前にたくさんのバスが並んでいる。十台近くはありそうだ。五条坂は道が細いため、観光バスがすれ違うのが容易でなく、観光シーズンにはよく渋滞を起こすと聞いている。でも、今はまだオフシーズン。そんなに混んでいるはずがない。でも、一向にバスが進まず、かといって下車して歩かせるわけにもいかない。じっとバスが動くのを待ち続けるしかなかった。

　交差点に入ったときにはすでに二〇分経過していた。お客様のイライラしている様子が、一番前の席に座っている私にも背中で感じられた。気が気ではなかった。このままではショッピングどころか、清水寺の見学さえできないかもしれない。

　さらに、五条坂に入ってからもなかなか進まない。前方を見ると、パトカーが停まっている。どうやら交通事故があったようだ。

「こんなことなら、朝一番で清水寺に来ればよかったですね」と菊林運転手。

「えっ？」

「本当なら先に京都の見学をして、最後に東大寺を見学して大阪に行ったほうが効率的なんですよ。一筆書きのような行程になりますから。まあ会社からもらった行程表を勝手に変えるわけにはいきませんけどね」

　言われてみればその通りだった。京都と奈良を往復した分、時間をロスしている。行程表を疑いもしなかった。気づいていれば松宮さんに相談もできたのに。通訳ガイドの仕事は奥が深いと思った。

結局駐車場に入るのに四〇分も余分にかかり、時計を見るとすでに三時四〇分だった。

これではショッピングも含めて五〇分しか取れない。

「みなさん、すみません、事故渋滞に遭ったため、ここでは五〇分しか時間が取れません。清水寺を見学したら、すぐにバスに戻りますのでご了承ください」

「えっ、ウソだろ。必ずショッピングの時間を取るって昨日約束したじゃないか！」

ジェフが大きな声を出す。他のお客様からも不満の声が上がる。でも、観光バスの利用時間は延長できない。五時半に大阪でお客様を降ろした後、バスは翌日の仕事のため、名古屋に向かわなければならない。清水の舞台から飛び降りたつもりで、お客様に提案してみた。

「では、清水寺に行きたい方は私に付いて来てください。ショッピングを優先したい方は、自由行動でも結構です。よろしいでしょうか?」

また怒られるのではないかと心配だったが、みんなもうお寺の見学は十分だと思っていたらしく、誰からも文句が出なかった。お客様の反応に、私はホッと胸をなでおろした。

結局、清水寺まで付いて来たのは、浅草ですでに着物と箸を買っていたキャサリンとロバートの夫婦だけだった。ほとんどのお客様にとっては、最後のショッピングの機会のほうが重要だったのだ。

清水寺を観光したキャサリンとロバートは、崖っぷちに建てられた舞台のある清水寺の建築を見て、感激していた。舞台を支える柱と梁には釘が一切使われていない。舞台から見渡す京都市内の景色もきれいだが、下から見上げるとその姿に圧倒される。

「ここに来られて本当によかったよ。でも、清水寺があまりに素晴らしかったって言うと、行かなかった人たちががっかりするだろうから、内緒にしておくよ」

そう言いながら、ロバートはウィンクしてくれた。なんて紳士なんだろう！

集合時刻の四時三〇分、全員がバスに揃った。みんな買物を楽しんだ様子。大きなビニールバッグを持っている人が多かった。

「みなさん、日本での買物はこれで全部済みましたか？」

「イエース！」と声が上がる。

「日本経済の発展に貢献してくださり、ありがとうございました」

私が頭を下げると車内は大きな笑いに包まれた。日本人相手に笑わせたことなどあまりなかったが、外国人はこのような一言で笑ってくれるのが面白い。

大阪までの移動中、お客様にはツアーのアンケートを書いてもらった。その間を利用して、各自に翌日の案内をして回った。明日は各自関西空港に行くのだが、それぞれ航空便が異なる。航空便と出発時刻を確認し、空港までのリムジンバスの案内をした。でも、全員が明日帰国するわけではない。中には大阪で延泊する人もいて、どこを観光したらよいか聞いてきたので、大阪城や道頓堀、梅田スカイビル、ユニバーサル・スタジオ・ジャパンなど、いくつか観光スポットを紹介した。アナとルイーズなどは、あと二週間日本に滞在し、MISIAのコンサートのために福岡まで行くと言っていた。

ホテル到着前、アンケートを回収する。評価が怖いので、中身はツアーが終わるまで見ないことにした。もしも悪い評価の人がいたら、最後の挨拶を笑顔でできないと思ったからだ。ただ、みんなの笑顔を見ると、満足して全員良い評価をしてくれたものと確信していたが。

ホテル到着の五分前、みんなに日本に来てくれたお礼、スマイルツアーに参加してくれたお礼、ツアーのスムーズな催行に協力してくれたお礼、最後にみんなと旅行できて本当に楽しかった、ありがとう、と心からのお礼を述べた。車内からは割れんばかりの拍手が起こり、私も大きな喜びに包まれた。ツアー中で一番嬉しい瞬間だった。

五時半ぴったりに、バスは大阪のホテルプリマスに到着した。バスを降りる時、また一人ひとりにお礼を言うと、お客様からも感想やお礼の言葉が返ってきた。

「ありがとう」

「楽しかったよ」

握手してくれる人もいたし、ハグしてくれる人もいた。握手をするとき、手にお札を握っている人もいた。そう、チップをくれたのだ。さんざん振り回されたジェフも、

「ミオ、ありがとう。迷惑を掛けてごめんね。本当に楽しい旅行だったよ！」

固い握手をしてくれた。初日あんなに悩まされたジェフなのに、早く別れたいとさえ思っていたのに、お礼を言われると涙が出そうになった。お別れだと思うと寂しさが込み上げた。

全員にスーツケースを渡し終わり、車内に忘れ物がないことを確認すると、菊林運転手にもお礼を言った。

「本当にお世話になりました。いろいろとご協力くださり、ありがとうございました」

「こちらこそ、お世話になりました。臨機応変の対応は良かったよ。これからもがんばってね！」

「はい、ありがとうございます。菊林さんも名古屋まで運転お気をつけて」

急いでホテルのフロントに行き、チェックイン手続きをし、鍵をお客様に配って業務は終了した。

いろいろあったが、無事四日間のツアーが終了し、お客様も喜んでくれたようで、私の

心は喜びに満ち溢れていた。寂しさもあったが、ホッとした気持ちと、四日間やり遂げた達成感のほうが強かった。

今夜の私のホテルはお客様と一緒ではなく、会社が用意した安いビジネスホテルだ。新幹線で東京まで帰れる時間ではあったが、念のためにということでホテルを予約してくれていた。お客様と別れると、自分のスーツケースを持って、歩いて五分ほどのホテルに移動した。部屋に入って荷物を置くと、ベッドに倒れ込んだ。

「あー、疲れた。でも楽しかったなあ！」

しばらく横になっていると、このまま眠りに落ちそうだったが、お腹も空いていたのでまずは夕食を食べに行くことにした。ホテルの一階にカジュアルなイタリアンレストランがあった。歩いてレストランを探し回る気力はないし、ちょうどいいと思ってそこに入った。まずはグラスワインを注文して、一人で祝杯を上げた。

「私、がんばったよね？　かんぱーい！」

前菜の盛り合わせとスパゲティー、デザートでお腹が満たされて部屋に戻ると、桃也も仕事が終わった頃だと思って電話してみた。ツアー中にあったトラブルや、それをどう乗り越えたか、話したくて仕方なかった。桃也はしっかり話を聞いてくれた。時々アドバイスをはさみながら。今朝みんなに予定を説明してブーイングを受けた場面では、

「お寺と神社を四つも回るなんて言ったら、みんな『もういいよ！』って気になるよ。東京でだって浅草寺と浅草神社に行ってるんだろ？　それぞれの特徴を言えばいいんだよ。金閣寺は最初からお寺なんて言わずに、金箔で覆われた華やかな将軍の邸宅を見に行くって言えばいいんだよ」

「さすがベテラン添乗員」

「そりゃあ、いくつも修羅場をくぐり抜けているからね。ヨーロッパのツアーだって大聖堂と宮殿ばかり見学するから、どうやって違いを強調するか、いつも考えてるよ」

「海外添乗も大変なんだね」

「海外添乗も国内でのガイドも、経験から学んでいくしかないんじゃないかな」

「そうだね。それにしても、たった四日間なのに、こんなに疲れるとは思わなかった。先輩ガイドは団体のほうが楽だって言ってたけど、全然そんなことなかったよ。休憩どころか、食事だってゆっくり取れなかったし」

「初めての団体ツアーなんだから、そんなもんだよ。次に似たようなツアーをやったら、ずっと楽だと思うよ」

「そんなもんかなあ？　中には二週間のツアーなんかもあるみたいだけど、こんな大変な日々がさらに十日間も続くかと思うと、自信ないなあ」

「まあ、少しずつ長いツアーに挑戦していけばいいよ」

「うん、そうだね」

「じゃあ、東京に戻ったら美桜がもらったチップで食事しようよ」

「えっ、祝勝会でご馳走してくれるんじゃないの？　ケチ！」

そう言いながらも私は幸福感に包まれていた。

寝る前に日報と精算書は書いてしまおうと思ったが、疲れた上にアルコールが入り、化粧だけ落とすと、シャワーも浴びずに寝てしまった。

翌朝、シャワーを浴びて、朝食を食べに一階に下りていった。昨晩夕食を取ったイタリアンレストランが、バイキングの朝食会場になっていた。今日は東京に帰るだけだと思うと、食後のコーヒーもゆっくり楽しめた。

部屋に戻ると、日報と精算書を仕上げてスマイル旅行社にメールで報告してから、新幹線で東京に戻った。

そうだ、まだアンケートを見ていなかった。ツアーが終わる前にアンケートを回収したことをすっかり忘れていて、新幹線に乗ってから思い出した。アンケートの評価項目は、通訳ガイドだけでなく、ホテル、食事、観光地、総合評価の五分野にわたっている。別れ際のお客様の笑顔を思い出すと、ガイドの評価だけは全員満点、つまり五点満点中五点をくれたものと信じていた。

　でもアンケートを見て驚いた。半数の十人は五点をくれたが、七人が四点、二人が三点、さらに二点が一人いた。昨日バスで拍手をもらったときの天にも昇る気持ちから、一気に地獄に突き落とされた気分だった。平均すれば四・三点で、それほど悪い数字ではない。でも、二点と三点を付けられたのがショックだった。

　最後のお別れのとき、みんなあんなに楽しそうな表情だったのに……。

　アンケートのコメントを読むと、五点をくれた人は、

「ガイドは知識が豊富で、説明もとてもわかりやすかった」

「ガイドがとても我慢強く、親切に対応してくれた」

「観光地での臨機応変の対応が素晴らしかった」

　このようにプラスのことを書いてくれていたが、四点以下の人は、

「ガイドはルールを守らない参加者に厳しくすべきだ」

「ガイドにはリーダーシップが欠けている」

「ガイドがガンダム像を事前に教えてくれなかった」

　これはピーターだ。評価も二点。

　時間を守らないジェフの件は、初日に解決したと思っていたら、最後まで不満に思って

いる人がいた。鹿せんべいでピーターを注意しなかったこともあるかもしれない。振り返るといろいろ思い当たる点が出てきた。それに、最終的に様々な問題は解決したものの、たまたま運に助けられた点も多く、もっと積極的に解決策を提示しなければいけなかったんだと思った。昨日はあんなに満ち足りた気持ちだったのに、一気に落ち込んでしまった。

やっぱり私、通訳ガイドに向いてないのかなあ……。

家に帰って荷物を整理し終わると、昨晩の体力的な疲れとは違った精神的な疲労がどっと出てきた。今はまだ三月上旬。三月中旬からが繁忙期と言われているが、今月、あと少し個人客の都内観光の仕事があるだけだ。でも、仕事が少なくてホッとしている自分がいるのも事実で、そんな自分を情けなく思う。仕事を始めてから少しずつ通訳ガイド仲間のフェイスブック友達が増えてきたが、先輩たちの書き込みを見ると、みんな仕事が忙しそうで、それでいて楽しそうに見える。少し焦りを感じる。みんなこんな大変な仕事をよく毎日やっているなと感心する。

団体ツアーのアンケートを見てから自信を失いかけたが、その後、個人客の都内観光を何度かやっているうちに、また自信が取り戻せてきた。それにしても、気持ちがこんなに簡単に上がったり下がったりする自分は、精神的にとても弱い人間のように思えてきた。

それでも、毎回反省点を次回の改善につなげていくことによって、自分のガイド力だけは少しずつ上がってきたように思う。

ガイド力というのは、一つには説明力。少しずつお客様に興味を持ってもらえる説明ができるようになってきたと思う。お客様は単なる事実を並べても興味を示さない。事実だけならガイドブックを読めばいいだけだ。そうではなくて、なんでそういう事件が起きたのか、何のためにこの建物が建てられたのか、そういった理由を知りたいのだ。

今の日本がどうなのかという現状にも強い関心がある人が多い。失業率はどのくらいなのか、健康保険制度はあるのか、どんな車が売れているのか、さらには、なんで道端にゴミが落ちていないのかといったことまで。こうした質問を受けると、初めのうちは聞かれても答えられないことが多かった。でも繰り返し似たような質問が出るので、それを調べていくうちに、だんだん答えられるようになってきた。

また、正確な答えがわからなくても、「〇〇だと聞いたことがある」とか「私は〇〇だと思う」となんらかの返答をするようにすると、会話も弾むことがわかってきた。お客様は必ずしも正確な答えを知りたいとは限らず、自分が納得しさえすればいいのだ。あるいは、ただ会話を楽しみたいだけだという人も多い。「わからない」では、そこで会話がストップしてしまう。

もう一つは対応力。お客様は必ずしもガイドの説明を聞きたいわけではない。ショッピングもしたいし、写真も撮りたいし、行程を変更して別の場所に行きたい人もいる。そういったお客様の要望に応じた対応ができるようになってきたと思う。

三月中旬になると、旅行会社からの問い合わせも急に増えてきた。営業活動が実を結び始めたようだ。やはり面接に行った会社からの連絡が多かった。多くの会社を回っておいてよかった。四月のスケジュール表がどんどん埋まり始める。面白いもので、自信を取り戻すと、手帳のスケジュールが埋まっていくことがだんだん快感になってきた。

ガイドの仕事は、初めて行く都市では下調べが大変だが、同じ都市なら訪問場所は似通っているので、回数が増えるにつれて下調べの時間も少なくて済むようになり、精神的にも楽になる。ただ、お客様と会う前の緊張感だけは、どうしてもなくならない。それを桃也に言うと、

「それは俺もそう。添乗に行く前は今でも緊張するよ」

「へー、桃也みたいなベテランでもそうなんだね」

「逆に緊張感がなくなったら、いい仕事はできないいんじゃないかな。その緊張感は大切にしたほうがいいと思うよ」

そう言われると、少し気が楽になる。

第六章

プロポーズは松本城で！

美桜のツアー⑤

2019年3月30日(土)

～4月2日(火) 3泊4日

TOUR
MENU

出発地

パークハイマート
新宿

東京
長野
地獄谷野猿公苑
湯田中温泉
松本城

訪問先

お客様

オーストラリア人4人
パトリック・コールマン(59歳)
ヘレン・コールマン(55歳)
ライアン・コールマン(26歳)
アマンダ・テイラー(24歳)

Notes

次の仕事は、久し振りにプラムトラベルから。ドイツ人夫妻の仕事の後、しばらく仕事をもらえなかったが、二ケ月振りに梅村社長に電話し、先日会いに行ってきた。

「去年のドイツ人夫妻のツアーではクレームになり、申し訳ありませんでした。その後、FITや団体のツアーをいくつか経験し、自分の足りなかったところに気づきました」

「ほう、どんなことに気づいたの？」

「お客様が何を知りたいのかを探ろうという気持ちです。今までは、自分が学んだことをうまく説明することばかり意識していました」

「うん、いい点に気づいたね」

「それから、お客様は説明だけを求めているのではないということ。写真を撮ったり、ショッピングをしたり、美味しいものを食べたり、様々な要望を持っているということです。だから、歴史や文化の説明だけでなく、その場所を楽しんでもらうためのいろいろな情報を知っておくことが大切だとわかりました」

「よし、いいだろう。じゃあ久し振りにうちの仕事やってもらおうか」

「ありがとうございます」

「それにしても、綾瀬さんはいい彼氏を持ってるね」

「えっ、どういうことですか?」

「一本目のツアーの翌日、柏崎から電話がかかってきたんだよ。『綾瀬にもう一回だけチャンスを与えてもらえないか』って」

びっくりした。桃也からはそんなことは一言も聞いていなかった。「神様がくれたチャンスだよ」なんて言ってたのに。まるで自分がお釈迦様の手の平の上で操られる孫悟空のような気がした。ただし、その手はとても温かい。

こうして今回、宿泊付きのＦＩＴの仕事がもらえた。個人客の泊まりがけの仕事は初めてだ。ＦＩＴは何度か担当しているが、いつも都内観光一日だけだった。ガイドも一緒に移動して宿泊するとなると、ガイドの交通費と宿泊費もお客様に負担させることになるため、ＦＩＴを泊まりがけで案内することは少ない。

大人数の団体であれば、人数で割るとガイド料やガイドの交通費、宿泊費負担も大したことはない。食事代など、ガイド分が無料になることもある。そのため、団体の場合はガイドも宿泊しながら一緒に移動することが多いのだ。ＦＩＴでガイドも同行を希望するということは、かなりのお金持ちなのだろう。

桃也も久し振りにプラムトラベルから仕事をもらえたことを喜んでくれた。

「よかったな、美桜」

「ありがとう。梅村社長のおかげで、私も少し成長できた気がする」

「ベテランガイドへの道、まっしぐらだね。ところで、最終日は松本だよね。何時頃終わるの？」

「うん、松本でお客様を七時五五分発のバスに乗せたらおしまい。でもどうして？」

「うちの実家、松本だよ。お勧めのランチ場所とか教えとこうかと思ってさ」

「そうだったね。せっかくだから、ツアーに入ってない場所を下見して、ランチ食べてから東京に戻ろうかな」

「じゃあ、ランチ情報とか後で連絡するよ。仕事がんばれよ！」

「本当にありがとう桃也。心から感謝してる」

「なんだよ、改まって？」

「ううん、なんでもない」

一本目のツアーの後、桃也が梅村へ電話してくれた件を話題に出そうと思ったが、照れくさくって、結局言い出せなかった。でも、本当に心から感謝している。あの夜、私が怒って一方的に電話を切ったから、桃也だって気分が悪かったはず。それなのに、その翌日に梅村社長に私のことをお願いしてくれたなんて。何度思い返しても胸が熱くなる。

私の仕事は三泊四日だが、今回のお客様の旅行は、合計では十一泊十二日という長いものだ。私が担当するのは、東京、長野、湯田中、松本を観光した後、高山行きのバスに乗せるところまで。お客様は高山で別の通訳ガイドと合流する。そのガイドと共に高山、白川郷、富山、金沢、京都を観光し、最後には自分たちだけで東京に戻ってくる予定だ。

三月も二十五日を過ぎると、都内でもようやく桜が咲き始めた。寒桜ではなく、日本の代表的な桜ソメイヨシノだ。もう「桜が咲いていないじゃないか！」とがっかりさせることはない。

今日は四日間のツアーの初日。今回のお客様はオーストラリア人四人だ。名簿を見ると、五十代の男女と、二十代半ばの男女。三人は名字が同じで、二十代女性だけが名字が違っていた。両親と二人の子供で、女性のほうは結婚して名字が変わったのかなと想像はするが、実際のところはわからない。プラムトラベルに聞いても、わからないとのことだった。

お客様は今日の早朝に到着したとのことで、集合は新宿のパークハイマート新宿のロビーに午後二時だった。この時間であれば通勤ラッシュに巻き込まれることもないのが嬉しい。満員電車に乗ってホテルまで迎えに行くと、それだけで体力が消耗する。

パークハイマートのロビーは三十八階にある。窓からの眺めは気持ちよかった。東京を制覇したような気分になる。「Coleman Family」と書かれたボードを持って待っていると、四人組が現れた。年齢を知っていたので、見た瞬間にこの四人だとわかった。挨拶を交わすと、ご主人のパトリックが全員の紹介をしてくれた。

「私がパトリック、こちらが妻のヘレン、私たちの息子ライアン、彼のガールフレンドのアマンダです」

なるほど、そういう関係だったんだ。アマンダだけ名字が違う謎が解けた。

今日は短時間の都内徒歩観光なので、みんな手ぶらで身軽な格好だった。ただ、ライアンだけは重たそうなデイパックを背負っていた。

「私たちは昨日シドニーを出発して、今朝早く成田空港に着いたところだよ」

「じゃあ、今日はお疲れでしょう」

「ホテルにアーリー・チェックイン（通常より早い時間にチェックインして部屋を利用すること）できたから、部屋でゆっくり休めたよ。それとご存じのように、シドニーと日本では時差が二時間しかないから、時差ボケもないいんだ。だからみんな観光する意欲満々だよ」

今日の行程は、新宿御苑で桜を見て、都庁展望室から東京の街を見下ろし、居酒屋で夕食を取り、最後は夜の新宿の散策となっている。ホテルから新宿御苑まではタクシーを使ってもよいと会社から言われていたが、徒歩二〇分ほどだと言うと、四人とも歩きたがった。本当に観光意欲満々だ。私も歩くのには大賛成。街には説明するものが溢れているからだ。タクシーでさっと移動するより、ガイドの本領が発揮できる。

まず、多くの外国人が目に留めるのが、点字ブロック。正式名称を視覚障害者誘導用ブロックと言う。日本人にもあまり知られていないが、発祥は日本だ。外国にもあるが、数が少ないためか知らない外国人が多く、日本で至るところにあるのを目にして何だろうと不思議に思うようだ。同じく視覚障害者用だが、交差点で音楽が流れるのにも興味を示す。「日本は障害者に優しい国なんだね」と感想を言ってくる人も多い。国全体としては決してバリアフリーが進んでいるとは言えないが、点字ブロックの充実度に関しては確かに世界一かもしれない。

また、窓に貼ってある赤い逆三角形も気になるらしい。消防隊進入口マークのことだ。火災などの際に消防隊が外から入れる窓の目印である。日本人でもよく知らないという人が多いくらいだから、外国人が聞いてくるのも当然だ。私もドイツ人夫妻の質問に答えられなかった反省から、きちんと調べた。

飲料の自動販売機の前では、飲料の説明や買い方を説明するが、その前にまず、道路沿いにこれだけたくさんの自動販売機があることに驚かれる。日本全国に飲料の自販機だけで約二百五十万台もある。パトリックは、「シドニーだったら、壊されて中の現金が盗まれちゃうよ」と言ったが、「自国では、お札を入れて本当に飲物とお釣りが出てくるのか心配だよ」と言われたこともある。ここは日本がいかに安全であり、技術力の高い国であるかをアピールするチャンスでもある。

また、同じ自販機から冷たい飲物と温かい飲物の両方が買えること、それを青と赤のラインで見分けることを説明すると、これもまた驚かれる。日本人にとっては当たり前のことだが、驚かれたり褒められたりすると誇らしい気分になるものだ。

レストランの前を通るときも楽しい。食品サンプルが説明できるからだ。店の前のショーケースに食品サンプルが入っていて、値段まで書いてある。欧米ではどんな料理を出すレストランか外観だけではわからないことが多いし、メニューを見ても具体的な料理がイメージできないことも少なくない。特にフランス料理にいたっては、料理そのものの説明なのか、ソースの説明なのかすら区別が難しい。その点、日本のシステムはとても便利だと言われる。食品サンプルだけでなく、店内に入ると写真入りのメニューが用意されていることが多いのも驚きのポイントだ。

一方、のれんが掛かっていて店の中が見えないことは不思議に思われる。のれんは店が開いているという合図であるが、中が見えないので、客は様子を見ようとのれんを上げて店内を覗いてみる。

「すると、お店の人が『いらっしゃいませ！』と元気よく声を掛けるから、引き返すわけにはいかなくなるという一種のトラップです」

こんな説明をすると笑いが取れるが、実際にはガラス戸のない時代、商店の中に埃や陽射し、冷気が入るのを防ぐためにのれんを掛け始めたらしい。その後、のれんに屋号や扱う商品などを表示するようになり、のれんが店の価値を象徴する意味でも使われるようになっていく。

こうして二〇分も歩いていると、それだけで日本文化や日本の現代事情などについて様々なことが伝えられる。パトリックも、新宿御苑に着くと言ってくれた。

「歩いているだけで、とても楽しかったし、いろんなことが学べたよ。ミオ、ありがとう」

やったね！　思わず心の中でガッツポーズを取る。

新宿御苑は、江戸時代に高遠藩内藤家の下屋敷があったところ。日本に現存する大きな日本庭園の多くが、元々江戸時代の大名によって造られたものだが、ここもその一つだ。また、御苑と呼ばれるのは、明治以降に皇室の御料地になったため。一九一七年には、その後百年以上続く観桜会（現在では多くの日本人が知るところとなった「桜を見る会」と呼ばれている）が始まった。一般国民に公開されたのは、戦後のことである。いずれにしても、百年以上前から桜の名所であったことがわかる。

新宿御苑は広大で、中には日本庭園のみならず、場所によってフランス式庭園やイギリス式庭園が造られていて、違った風景が楽しめる。また温室では南国の植物も見られる。でも、この時期はやはり桜だ。パトリックたちも、日本庭園に興味を示した一方で、やはり八分咲きとなった桜に目が奪われていた。また、日本人のグループが、芝生の上にビニールシートを敷いて、みんなで食事している風景も興味深そうに眺めていた。

「私たちも座ろう」

パトリックの一言で、みんな桜の木の下の芝生にそのまま座り込んだ。ビニールシートを持ってくればよかったと後悔したが、みんなは気にしない様子。ヘレンは息子ライアンのデイパックを開けて、午前中にコンビニで買ったという、お菓子と飲物を取り出した。どうりでライアンのデイパックが重たそうだったわけだ。

「ミオはどれがいい？」

ヘレンは私に飲物を選ばせてくれた。二本のミネラルウォーターの他、コーラ、オレンジジュース、緑茶があった。

「やっぱりミオは緑茶を選ぶと思ったわ」

「アマンダは何にする？」

ライアンが声を掛けた。さすが、ガールフレンドには優しい。アマンダがオレンジジュースを選ぶと、

「僕はコーラがいいな。いや、さっきもコーラ飲んだから、やっぱりミネラルウォーターにするよ。でもオレンジジュースも飲みたいな。アマンダ、一口ちょうだい」

微笑ましい会話を間近で聞いていると、まるで自分も家族の一員になった気分。天気もよく暖かで、ずっとここでのんびりしていたいなと思える午後だった。

次の都庁ビルへは、歩くには少し遠いので、新宿御苑前駅から丸の内線に乗って西新宿駅まで移動した。午後五時半に都庁ビルの展望室行きエレベーターホールに到着。アジアからの観光客を中心に少し行列ができていたが、この程度なら一〇分もあればエレベーターに乗れるだろう。

この日の日の入りは午後六時頃。二〇二メートルの高さにある展望室に着いたときには五時四五分。まだ外には明るさが残っていて、東京の街が一望できた。一緒に歩きながら、みんなに主だった建物を説明していった。東側にはついさっきまでいた新宿御苑、建設中の新国立競技場、少し遠くには東京スカイツリーが見える。

「新国立競技場で来年、東京オリンピックの開会式が行われるんですよ。今からワクワクしています！」

「そうか、シドニーオリンピックのときの興奮を思い出すなあ」

とパトリック。さらに時計回りに歩いて行くと、南側には明治神宮の森が見える。世界有数の大都市東京だが、上から眺めると意外と緑が多い。

徐々に西の方角がオレンジ色に染まってきた。西側の窓に移動すると、富士山のシルエットを見ることができた。オレンジ色の中に、富士山だけが黒くくっきりと存在感を示している。冬の間は見られる確率が高いが、春になると霞むことが多いので、富士山が見られるのはすごくラッキーなことだ。日の入り時刻も間近なので、五人でしばらく富士山と、その少し右側に静かに沈んでいく太陽を眺めていた。日が沈むにつれ、景色全体が暗くなっていくと共に、街の灯りが輝き始める。なんとも感動的な光景だ。私も都庁展望室には何度も来ているが、夕陽を見たのは初めてだった。

夕食は、都庁からもそれほど遠くない居酒屋に、個室の席だけが予約されていた。予算は会社から一人三〇〇〇円と言われていたが、それだけあれば十分楽しめそうだ。いろんな料理を頼んでシェアすることにした。電話で予約の確認を入れた際に、お通しをなしにしてほしいと依頼しておいた。テーブルチャージという説明で納得はしてくれるものの、頼んでいない見慣れない料理に手を付けない外国人が多いのだ。ほとんどの居酒屋は有無を言わさずお通しを出し、当然その分の代金を請求されるが、店によっては断ることもできる。この店は快くお通しなしにしてくれた。

四人とも歩き疲れて喉が渇いたようで、まずはビールを飲みたがった。

「ミオもビール飲めるでしょ？　みんなで乾杯しましょうよ」

ヘレンの言葉で、生ビール五杯と枝豆を注文した。ビールが来るまでの間、メニューを見ながら注文する料理を考える。ビールと枝豆はすぐにやってきた。みんなでジョッキを持つと、パトリックが音頭を取った。

「みんなで安全に楽しく旅行ができますように。チアーズ！」

私は日本語で応える。

「かんぱーい！」

「カンパーイ！」と、みんなも唱和してくれた。

そして一斉にビールを飲んだ。みんな喉が渇いていたためか、一口分の減りが大きい。

「料理は私が注文してもいいですか？」

私が尋ねると、ライアンがメニューを見たいと言うので、手渡した。

「せっかく日本に来たんだから、日本的なものを食べたいよね。刺身に、寿司に……いや待てよ、次のページにも美味しそうなものがたくさんある。アマンダはどれがいい？」

二人でメニューを見始めたが、なかなか決まりそうもないので、私はみんなにメニューの写真を見せて、了解を取りながら料理を決めた。みんなが食べられそうな鶏の唐揚げ、チーズ盛り合わせ、フライトポテト、もちろん日本料理も注文する。刺身盛り合わせ、揚げだし豆腐、焼き鳥、大根サラダ、タコ焼き。

食事が出始めると、そろそろみんなのビールが空になりそうだったので、提案してみた。

「日本酒を試してみませんか？」

四人ともぜひ飲んでみたいという反応だったので、冷酒の中瓶を注文して、みんなで分けることにした。日本酒も好評だったし、日本料理もみんな美味しそうに食べてくれた。アルコールも加わったためか、話もどんどん盛り上がっていった。日本の料理から文化、オーストラリアの話まで、話題は尽きなかった。

食事が一段落した頃、アマンダが立ち上がってトイレに行った。するとライアンが話し掛けてきた。

「実は、今回の旅行中にアマンダにプロポーズしようと思ってるんだ」

「ほんと？　それは素敵！」

両親も承知しているようで、微笑んでいた。

「アマンダもそのことを期待してるんでしょうね」

「うーん、それがよくわからないんだ。でもちゃんとプロポーズするからね。ミオ、どこでプロポーズしたらいいかなあ？」

「そうですねえ……」

この後の三日間の行程を頭に思い浮かべた。高山以降のことはあまり考えなかった。どうせなら自分がガイドしている間にプロポーズしてほしいと思ったからだ。

「明後日、松本城に行きます。四百年以上前に建てられた本物のお城で、まさに日本的な風景です。日本でプロポーズするなら、ピッタリの場所だと思いますよ」

我ながら、いい提案だと思った。

そんな会話をしているうちに、アマンダが戻ってきた。何事もなかったかのように、また五人でたわいもない話を始めた。

夕食の後、歌舞伎町への散策がツアーに組み込まれていたが、四人ともさすがにお疲れのようで、ホテルに戻ることになった。ゴジラヘッドやロボットレストラン前、ゴールデン街など、歩くルートを考えてはいたが、自分自身も疲れていたのでホテルに戻るのはありがたかった。今夜は自宅に戻らなければならない。ホテルまでは歩いて約一〇分の道のり。ゆっくり歩いていると、アマンダが近寄ってきた。背中を押されて少し早足になり、他の三人と距離が開いた。そして小声で話し掛けられた。

「ミオ、ちょっと話があるんだけど」

「どうしたんですか？」

真剣な表情に、何か不満でもあるのかと、ちょっと心配になった。

「なんだか一人で悩んでいるのがつらくなっちゃって。個人的な話なんだけど、聞いてもらえるかな？」

とりあえず、クレームではなさそうだ。

「もちろん、いいですよ」

「実は、この旅行が終わったら、ライアンと別れようと思ってるの。この旅行も本当は来る気はなかったんだけど、ライアンがどうしても来てくれって頼むから、私も断れなくなっちゃって」

「そのこと、ライアンは知ってるんですか？」

知っているはずはない。だって、プロポーズする気でいるのだから。でも、ライアンからそんな話を聞いたなんて、アマンダには言えるわけがない。

「いいえ、知らないわ。でも旅行中のどこかで話をしなきゃって思ってる」

「ライアンってかっこいいし、優しくていい人だと思うけど、何が不満なんですか？」

「うーん、とっても優しいことは事実。でも、優し過ぎるっていうか、優柔不断なの。私、もっと力強く引っ張っていってくれるような人が理想なのに。もちろん嫌いじゃないのよ。

ただ、結婚までは考えられなくって。それだったら早めに別れたほうがお互いのためかなって……」

新宿御苑で飲物を決めたり、居酒屋で料理を決めるときのライアンの様子を思い出すと、確かに優柔不断な気もする。

「そうなの……」

「ごめんね、こんな話をして。ただ、誰かに聞いてほしかったの」

「いいえ、私でよかったらいつでも話してください」

そう言いながらも、急に不安になってきた。せっかく優しい家族のガイドができると喜んでいたのに、二人の板挟みになるような話を聞かされた。どちらの味方をすることもできず、自分はどういう立場で二人に接したらいいのだろうか。

四人をホテルに送り届けると、一人新宿駅に向かった。今日は自宅に戻らなければならないが、新宿なのでまだよかった。山手線と東武東上線を乗り継いで、三〇分ほどで帰れる。

翌朝は八時にホテルに迎えに行った。スーツケースを持っての列車移動は大変なので、大きな荷物は翌日宿泊する松本のホテルに宅配便で送る手配をした。みんな一泊分の小さな荷物だけを持って出発した。

今日は新幹線で長野に行き、善光寺を観光した後、湯田中まで列車に乗る。そこからバスでスノーモンキーを見に行き、湯田中温泉に宿泊予定だ。

新宿から大宮までは、埼京線に乗った。朝のラッシュの時間帯ではあるが、郊外に向かう電車はさほど混雑しておらず、池袋で多くの乗客が降りると全員座ることができた。大宮から長野は新幹線ができてから、信じられないほど近く感じられるようになった。わずか一時間一〇分ほどで到着する。

新幹線乗車中、アマンダがトイレに立った隙に、ライアンの隣の席に座った。

「急にごめんなさい、ちょっとお話いいですか？」

「別にいいけど、何？」

「余計なことだったらごめんなさい。昨日見てて思ったんですけど、飲物やメニューを決める際、即決したほうがいいですよ」

「どうしたの、急に？」

「優柔不断な態度だと不安に思う女性もいますから」

「アマンダに何か言われたの？」

「いいえ、そうじゃないですけど……」

「まさかアマンダに昨日の話してないよね？」

「まさか！」

「アマンダなら大丈夫だよ。ああやって二人で話し合って決めるのが楽しいんだから」

いや、大丈夫じゃないから言ってるのに！

するとアマンダが戻ってきた。私は急いで二人の後ろの自分の席に戻った。二人の会話が聞こえる。

「ミオと何話してたの？」

「美しい山の景色が見えてきたから教えてくれたんだよ」

長野では善光寺を観光することになっている。東京をあまり観光しないまま地方都市に行くのは珍しいが、彼らは最後にまた東京に戻ってくるので、そのときに自分たちで東京観光をすると言っていた。都内では神社にもお寺にも行っていないので、善光寺が日本で最初の宗教施設となる。そのため、いつも浅草寺でしているような説明を、ここでするのだ。通訳ガイドの説明は応用がきく。どこのお寺に行こうが、日本の宗教の説明と仏教の基本的な説明から入る。日本人相手であれば、何年に創建された何宗のお寺で、ご本尊は何という仏様で、本堂の建築様式がどうであるというような説明をすることになるのだろうけど、外国人相手の場合にはそこまで細かい説明をすることは少ない。

外国人の場合はもっと基本的なことから、例えば神道と仏教の違い、別々の宗教であるが多くの日本人が神社にも寺にも行くこと、どんなときにそれぞれの施設を利用するのかといった説明から始まる。それから仁王門の役割を説明したり、手水舎でのマナーを実演したりという、どこのお寺にも共通する案内をする。

日本人の観光バスガイドが日本人にこういう説明をすることは少ないかもしれない。でも、本当は日本人でもあまりよくわかっていない人が多いと思う。私だって、通訳ガイドの勉強を始める前は日本の宗教のことなどあまりよく知らなかった。平等院、帝釈天、八幡宮、名前を聞いただけではどれが神社でどれがお寺か区別がつかなかったくらいだ。

長野駅からはタクシー二台に分乗した。普通のタクシーでは四人までしか乗れないからだ。一台目のタクシーにライアンとアマンダを乗せてお金を渡し、運転手に行き先を伝える。二台目に両親と自分が乗る。これなら、はぐれることはない。

門前町の交差点手前で二台のタクシーが縦列して止まった。ここからは徒歩観光だ。賑わう門前町を抜け、立派な仁王門をくぐり、手水舎で手と口を清め、山門を通って本堂へ行く。距離にして三〇〇メートルほどだが、門前町の店を覗いたり、ところどころ立ち止まって説明するので、二〇分近くかかった。約三百年前に建てられた国宝の本堂では、旅の安全を願ってみんなで手を合わせる。

参拝が終わると、私は販売所で売っている御守の説明をした。健康や交通安全、学業成就など、様々な目的別の御守を売っている。それを聞いて、さっそくライアンは御守を買った。両親それぞれに健康の御守を買い、もう一つは「絆御守」。二つセットの御守で、絆を深めたい人と持つと、縁が深まると言われている。一つは自分用、もう一つはもちろんアマンダ用だ。

「アマンダ、これは君にプレゼントするよ」

「………」

アマンダは受け取った御守を無言で見つめた。私は、何か覚悟を決めたような彼女の表情に不安を感じた。

「アマンダ、どうかしたの？」とライアン。

「実はね、私……」

まずい！　とっさに話に割り込んだ。

「アマンダ、きっと疲れちゃったのね。そろそろお昼ご飯にしましょうか」

「そうか、君は疲れてたんだね。じゃあ、お昼にしよう」

アマンダもそれ以上は何も言わなかった。私はホッとため息をついた。

昼食は、門前町の蕎麦屋に入ることにした。事前にリサーチしてあった口コミサイトで評価の高い店だが、まだ十二時前だったせいか、それほど混んではいなかった。身体も冷えていたので、三人は私が勧めた温かい天麩羅蕎麦を注文することにした。ライアンは写真付きのメニューを見ながら迷っている。

「山菜蕎麦も美味しそうだし、冷たい蕎麦も捨てがたいなあ」

悩んだ挙句、ようやく天麩羅蕎麦に決めた。やっぱり優柔不断だ。私は、他の種類の蕎麦も見せたいと思い、あえてざる蕎麦を注文した。

ライアンとアマンダはオーストラリアでも日本食レストランに何度か行っているらしく、箸を器用に操って蕎麦を食べた。パトリックとヘレンは、箸を持ちづらそうにしていたので、店員にフォークを持ってきてもらった。蕎麦はフォークでもあまり食べやすいわけではないが、二人ともスパゲティーのようにフォークに巻きつけながら上手に食べた。料理が出てくる頃には暖房で身体も温まってきたため、ざる蕎麦の冷たさが心地よかった。お店で打ったばかりの新鮮な蕎麦はコシがあって美味しかった。

店を出る前、私はトイレに入った。すると、すぐ後からアマンダが飛び込んできた。

「ミオ、なんでさっき話を遮ったのよ！」

「別れたいって話をしようとしたんですよね？」

「そうよ。絆御守を喜んで受け取ったりしたら、誤解されて別れ話をしにくくなっちゃうじゃない」

「まだ旅行が始まったばかりでしょ。今話したら、後の行程がずっと気まずい状態になっちゃうかと思って」

「それはそうかもしれないけど……」

「話をするんなら、旅行が終わる頃まで待ったほうがいいんじゃないですか？」

「うーん、ちょっと考えてみる」

最悪の事態は当面避けられたようだが、まだまだ予断を許さない。私は落ち着かなかった。

昼食後はタクシーで長野駅に戻り、長野電鉄に乗った。特急「ゆけむり号」は、湯田中まで四五分ほどで到着する。湯田中からは同じく長野電鉄が運行するバスが、ちょうどいい時間で接続するようになっているので、とても便利である。手荷物をロッカーに入れるか尋ねると、みんなリュックだったので自分で持っていくとのこと。私も一泊分の荷物をデイパックに詰めていた。私もスーツケースを松本に送ってある。

地獄谷入口まではバスで一五分ほどだった。三時前なので、まだ太陽も高く明るい。冬には雪が積もる地域ではあるが、三月下旬ともなると雪の降る日は少なくなる。

バスを降りて舗装された道を少し歩くと、「地獄谷野猿公苑入口」の看板が見えた。でもここからが遠い。距離にして一・六キロだが、ここから先は舗装されていない。林の中を抜けていく遊歩道があるが、溶けかかった土混じりの雪がぐちゃぐちゃで、油断して歩くとズボンに撥ねて裾が真っ黒になりそうだ。ゆっくり慎重に歩いたため、野猿公苑までは四〇分もかかった。

歩きながら、私は野猿公苑誕生の経緯を説明した。

「野猿公苑は動物園ではありません。猿は公苑に住んでいるわけでもなく野生で、普段は山奥で暮らしています。この公苑には昼間遊びに来るだけです。なぜ遊びに来るかというと、餌をもらえるからです。ここが造られたのは一回目の東京オリンピックが開催された一九六四年ですが、その頃の日本は高度経済成長期でした」

「オーストラリアで日本製品が増え出したのも、その頃だね」とパトリック。

「そうですね、日本には天然資源が少ないので、資源を輸入して工業製品を作って輸出するようになりました。全国で山林の開発も行われて、長野も例外ではありませんでした。木々が伐採され、猿たちの生活圏も徐々に狭められていきます。困った猿たちは、餌を求めて人里に出没するようになり、果樹園のりんごを食べ始めました。すると今度はりんご農家の人たちが困り、猿を射殺しようということになります。それに反対したのが初代苑長です。別の場所で猿を餌付けすれば、果樹園には行かなくなると信じ、三年がかりで警戒心の強い猿の群れを手なづけていきました。こうして、猿と人間が共生するようになったのです」

「へえー、そんな歴史があったんだ。観光客用の施設だと思ってた」とライアン。

「まだ続きがあります。地獄谷のすぐ近くに温泉地があって、露天風呂もあります。あるとき好奇心旺盛な一頭の猿が、露天風呂に入りました。その気持ちよさそうな様子を見て、仲間の猿たちも真似して次々に入っていったそうです。温泉が病みつきになったようで、猿たちはそれ以来ちょくちょく温泉に入りに来るようになりました。でも、人間の露天風呂に野生の猿が入るのは衛生的に問題です。それならば猿用のお風呂を造ろうということになり、こうして誕生したのが、猿専用の露天風呂です」

「それは面白いね。人間と猿が共生するための施設だったとは驚きだよ。早く温泉に入る猿を見たくなったよ」

とパトリックは興味を示す。

「ただ、温泉に入るのは寒い冬だけなんです。しかも、メスと子猿だけだと言われています。大人のオスはいざというときに群れを守る義務があり、また濡れて身体が小さく見えるのを嫌うために入らないようです。だから、もし温泉に入っている猿が見られなかったらごめんなさい」

「野生なんだから、それは仕方ないよ」

パトリックは優しい。

「それにしても、すれ違う人たちは外国人ばっかりだね。どうしてだろう？」

「外国でのほうが知名度が高いようですね。一九七〇年にはアメリカの雑誌『ＬＩＦＥ』の表紙を飾りました。その後、一九九八年に開かれた長野オリンピックのときに、各国のメディアが雪を頭に被って温泉に入っている珍しい猿をこぞって紹介したんです。それで『スノーモンキー』と呼ばれて、世界的に有名になったんです」

最後に長い階段を上ると、ようやく入場券売場に到着した。入場券を買って苑内に入り、さらに進んで行くと少し先に池がある。その池を囲むように人垣ができていた。よく見ると、湯気が上がっている。そう、ここが有名な猿専用の露天風呂だ。

「ワオ！」

ライアンがまず叫び声を上げた。

「本当に温泉に入ってるわ！」

アマンダも興奮していた。二人とも温泉に向かって走っていった。

こうして見ていると、二人はとっても仲良さそうなんだけどなあ。パトリックとヘレンも、そんな二人を微笑ましく見守っていた。近づくにつれ、猿は温泉の中だけではないことがわかった。そこら中を走り回っている。下には川が流れているが、川のほとりにも何頭もいた。全部で四十頭くらいいるだろうか。私もホッとした。

猿は野生だから、確実に毎日来るとは限らない。先輩ガイドの話では、せっかく時間を掛けてここまで来たのに、猿が一頭も見られなかったということもあるという。これだけ歩かせて猿が見られなかったら、さぞやお客様もがっかりすることだろう。

冷静に見えたパトリックとヘレンも、足元を親子の猿が通ると、興奮が隠しきれなくなったようだ。

「子猿が母猿のお腹に抱きついているよ！」

「なんてかわいいのかしら！」

それを見ている私も幸せな気分になった。

いつの間にか一時間近く経っていた。空はまだ明るいが、太陽はすでに山陰に隠れて、空気がひんやりとしてきた。また四〇分掛けてバス停まで戻らなければならない。

「そろそろ戻りましょうか？」

提案すると、みんなも頷いてくれた。

行きに溶けかかった雪でぐちゃぐちゃだった山道が、気温が下がったためか、帰りには少し固まり始めていた。固まった雪の上に靴がのると、つるつると滑りやすい。私はみんなにも注意を促した。その直後、「どしん」という鈍い音に続いて、叫び声が聞こえた。

「きゃーーーーーっ！」

しかも、その声はだんだん遠ざかっていく。振り向くと、アマンダが斜面を滑り落ちていくのが見えた。足を滑らせて、谷のほうに落ちたようだ。

どうしよう！　そう思った瞬間、もう一つ谷のほうに滑っていく人影が見えた。ライアンだ。アマンダを救助しに谷を滑り下りていったようだ。アマンダは、山道から二〇メートルほど下のところで止まっていた。杉の木に引っ掛かり、それ以上落ちずにすんだのだ。アマンダの身体は、横になったまま木に抱きついているように見えた。

「助けてー！」

アマンダの叫び声で、とりあえず彼女が無事であることが確認できて、私はホッと胸をなでおろした。しかし、声は出せても彼女は動かない。どうやら怪我をしているようだ。すぐに救援を頼もうと思ったが、どこに連絡してよいかわからない。

確か、野猿公苑の領収書に電話番号が書いてあったはず。封筒から領収書を探し出すと、予想通り電話番号が書いてあったので、スマホを取り出して電話する。事情を説明すると、公苑の職員がバギーを手配してくれることになった。この山道は、物を運搬するためにバギーが通れるように造られているのだ。でも、三〇分はかかるだろうとのことだった。

「アマンダ、僕がここにいるよ」

下を見ると、すでにライアンがアマンダに追いついていた。

「アマンダ、大丈夫？」

「ちょっと腕を木にぶつけたけど、大丈夫みたい」

ライアンが手を貸して、アマンダを立ち上がらせようとする。

「痛っ！」

アマンダは左脚を押さえた。どうやら、痛みが激しいのは腕ではなく、左腿の付け根の様子。転んだ際に地面に打ちつけたようだ。力が入らないらしく、アマンダは立ち上がれない。歩けなければ背負うしかない。ライアンは身体をかがめて、迷うことなくアマンダを背負う。いつもの彼と違い、決断が素早い。その瞬間、ライアンのバランスが崩れ、二人ともさらに三メートルほど滑り落ちた。この急斜面では、背負って上ることが不可能に思えた。ライアンは、今度は四つん這いになった。

「アマンダ、背中に乗って」

アマンダはライアンの背中に乗ると、彼の首に両腕を回した。アマンダの身体がしっかり乗っているのを確認すると、ライアンは四つん這いのまま、ゆっくり斜面を上り始めた。これなら安定して進めそうだ。それでもアマンダを乗せたまま進むのは相当な体力がいるに違いない。見るとライアンは汗だくだ。その一方、手袋をせずに直接雪の上に手を置いているので、手は冷えきっていることだろう。山道には時おり通行人があり、彼らは口々に声を掛ける。多くは外国人だ。

「大丈夫か？」

「何か手伝えることはないか？」

ライアンは答える。

「大丈夫だ。あと少しさ」

でも、最後の二メートルのところでストップした。歩道との境目が特に急な斜面なのだ。ライアンは周囲を見渡す。私もどこか上れそうな場所がないか探した。二〇メートルほど歩道を戻ったところに、斜面が緩くなっている場所があった。

「ライアン、あそこなら斜面が緩やかだから上れると思いますよ」

「よし、あそこから歩道に上がろう」

でも、アマンダを背負ったまま横に進むのは容易ではなさそうだ。一メートル進むのに一分近くかかる。そのうちにだんだん辺りも薄暗くなり始めた。私も焦り始めた。真っ暗になる前に山道を抜けなければ。でもライアンは、なかなか進まない。

「ライアン、大丈夫？」

アマンダが尋ねる。

「へっちゃらさ、アマンダ。君こそ大丈夫？　腿痛むんだろ？」

「ううん、平気よ」

アマンダはライアンに心配を掛けたくないためか、平気を装っているようだ。

「あとちょっとだから、もう少し我慢して」

ライアンにはすっかりお見通しの様子。アマンダはライアンの大きな背中に頬を付け、幸せそうな表情だ。ライアンを信頼しているのがわかる。

やっとのことで、斜面の緩やかなところに着いた。もう体力を消耗する横移動はしなくて済む。ここからは上に向かって這い上った。

「ふーっ！」

山道にたどり着くと、ライアンはもう限界のようだった。パトリックと私が手伝って、アマンダを背中から下ろすと、ライアンは地面に突っ伏した。

ちょうどそのとき、バギーがやって来た。荷台には一人がどうにか乗れるスペースしかないので、アマンダに一人で乗ってもらった。バス停の近くにある喫茶店まで送ってくれるとのことだった。

「ライアン、歩けるの？」

逆にアマンダがライアンの心配をした。

「もちろんだよ。コーヒー飲みながら、少し待っててくれよ」

ライアンもアマンダを安心させるためか、力を振り絞るようにして立ち上がった。

「わかったわ。じゃあ、気をつけてね」

「では、すみませんが、よろしくお願いします」

私はそう言って、バギーを見送った。見送ると同時に、今夜の宿に電話した。女将が電話に出たので、滑落事故に遭ったことを伝えた。野猿公苑の入口まで迎えに来てほしいと伝えたが、あいにく今手が離せないらしい。でも、タクシー会社に電話をして、麓の喫茶店に来てもらうよう手配してくれるとのこと。また、近くの病院にも連絡を取ってくれることになった。車で五分くらいのところに外科の病院があるとのことだ。

「ライアン、よくやった」

パトリックが言った。

「ミオもすぐにバギーを手配してくれてありがとう。ところでライアン、歩けるのか？」

「さすがに疲れたよ。五分だけ休憩させてくれよ」

そう言って、リュックを開けるとミネラルウォーターのボトルを取り出し、一気に飲み干した。まだ、汗は引かないようだった。二〇分もアマンダを背負って移動したのだから無理もない。

その間に私はプラムトラベルに電話をし、状況を報告した。梅村社長からは、とにかく無理をしないようにとのアドバイス。アマンダの体調に合わせ、行程を変更したり、タクシーを適宜利用するなどの許可ももらった。現場を一番よくわかっている私に判断を任せてくれるとのことで、嬉しくもあり、身が引き締まる思いでもあった。

「よし、行こう！」

五分経つと、ライアンは立ち上がり、歩き始めた。私と両親も後に続いた。

二〇分後に麓の喫茶店でアマンダと合流した。アマンダの顔には笑顔が見られたので、一安心だった。少しするとタクシーが到着した。五人一緒に乗れるジャンボタクシーが来てくれた。宿まではタクシーで一〇分ほどだった。今夜泊まるのは湯田中にある温泉旅館だ。宿に着くと、パトリックとライアンが、アマンダを両側から支えた。

「いらっしゃいませ」

迎えてくれた仲居さんは、お辞儀をして顔を上げたとたん、驚いた表情になった。

「どうしたんですか、お客様！　お怪我してるんですか？　服も泥だらけになっちゃって！」

「野猿公苑からの帰り道、滑って谷のほうに落ちちゃったんです」

「まあ、それは大変！」

　すると、女将が現れた。

「お待ちしていました。大変でしたね」

　女将には電話で説明してあったので、彼女は落ち着いていた。

「ご両親と若い男性はお部屋に入っていただきましょう。女の子は旅館の車で病院までお送りします。通訳してもらう必要がありますから、ガイドさんは一緒に来てくださいね。病院にはさっき連絡しておきましたから、すぐに診てもらえると思いますよ」

「ありがとうございます。みんなに説明しますから、ちょっと待ってください」

　私が四人に説明すると、ライアンが、

「僕も一緒に病院に行くよ」

　結局、旅館のバンに私とライアンとアマンダの三人が乗った。

　五分ほどで病院に着くと、玄関にあった車椅子を借りてアマンダを乗せた。受付まで案内すると、女将は、

「診療が終わったら迎えに来ますから、電話してください」

　そう言って一度旅館に戻っていった。病院では、医師が触診を行い、レントゲン写真を撮った。アマンダは時おり痛みで顔をゆがめる。医師はカタコトの英語しか話せないので、

私が通訳をした。「大腿二頭筋（biceps femoris）」といった難しい単語はスマホで調べながら。ただ、専門用語は英語が母国語の外国人だって知っているとは限らない。アマンダは「Biceps femoris……」と繰り返しただけで、脚のどの部分かはよくわからないようだった。幸い骨に異常はなく、中程度の打撲とのことだった。湿布を貼って包帯を巻き、鎮痛剤をくれた。

「しばらくは痛むかもしれませんが、一週間もすれば一人で歩けるようになるでしょう」

骨折していないとのことで、三人ともホッとした。

女将に迎えに来てもらい旅館に戻ると、窓から戻ってくるのが見えたのか、パトリックとヘレンもロビーに下りてきて出迎えてくれた。二人とも骨に異常がないことを知ってホッとした。

夕食まではまだ一時間近くある。野猿公苑に行ってから着替えておらず、みんなそのままの格好だ。汗を流したり、服も着替えたいだろうと思って、大浴場に行こうと提案した。部屋にはシャワーも風呂も付いていないのだ。みんな大賛成だった。パトリックとライアンがアマンダを支えて部屋まで行ったので、私も一度部屋に荷物を置きに行った。畳敷きの和室だが、窓際に椅子とテーブルがある。これならアマンダも座れるので、一安心だ。

部屋にあったMサイズの浴衣とフロントで借りたLサイズの浴衣を持って、大浴場の入口で待っていると、四人が現れた。大浴場は当然男女別々なので、ここからは私とヘレンがアマンダに付き添った。アマンダも上半身は問題なく動かせたが、ジーンズは一人で脱げないのでヘレンと一緒に手伝った。浴室に入るが、アマンダは腿に包帯を巻いたままなので湯船には入れない。椅子に座らせ、濡らした手拭いで身体を拭くのを手伝ってあげようとすると、一人でも大丈夫だと制止された。確かに脚以外は自由に動かせるので、身体を拭くのは問題ないようだ。

私はヘレンと一緒に湯船に入ることにした。シャワーで汗を流した後、浴槽に入ろうとして足を湯につけたとたん、ヘレンが叫んだ。

「熱っ！　冗談でしょ？　こんなに熱いの、とても入れないわ！」

「最初は熱く感じるけど、少しすると慣れてきますよ。もし熱くて全身入れなければ、腰まで湯に浸かる半身浴もできますよ」

「ミオ、私たちは大丈夫だから、気にしないで一人で入ってちょうだい」

せっかくの温泉に入ってもらえず、残念ではあったが、私は一人で入らせてもらうことにした。冷えた身体に温泉はあまりにも心地よかった。

「あー、極楽ごくらくぅー！」

思わず、また口に出てしまった。

「えっ、なに？　グッド・ラック？」

ヘレンが聞き返した。私は否定せずに、微笑み返した。とりあえず問題が解決し、仕事中とはいえ、温泉に入れて幸せな気分だった。すると、アマンダが、話し掛けてきた。

「ミオ、昨日の話、忘れてね」

「何、昨日の話って？」

ヘレンが尋ねる。

アマンダははぐらかしたが、もちろん私には何を言いたいか、すぐにわかった。さらに幸福感が増した。

「ううん、なんでもない」

風呂から出ると、ジーンズをはかせるのは大変なので、アマンダにはLサイズの浴衣を着せた。せっかくなので、ヘレンにも浴衣を着てもらった。二着分準備しておいてよかった。汚れたジーンズや服は、親切な女将が洗濯機で洗ってくれた。

夕食は座敷の予定だったが、女将が椅子とテーブルのある食堂に変更してくれていた。至れり尽くせりの心遣いが嬉しい。パトリックの発案で、最初は日本酒で乾杯することになった。今回は熱燗だ。私がみんなのお猪口に酒を注いであげた。パトリックは、

「今日は大変な一日だったけど、大事に至らなくて幸いだった。アマンダ、よく我慢したね。ライアン、よくがんばったな。そしてミオ、テキパキといろんな手配をしてくれて本当にありがとう。では、カンパーイ！」

夕食は懐石料理だった。湯田中は山の中である。今どき、日本のどこにいても新鮮な食材は手に入り、山間の宿でも海辺と変わらない刺身などの料理を出すところも増えている。でも、この宿では地元の食材にこだわっていた。前菜は山菜やキノコを中心とした料理で、素朴だが優しさを感じる味だった。地元野菜の煮物に、川魚のフライと続き、メイン料理は信州牛のステーキ。和食なので切り分けてあり、ナイフを使わずに食べられる。信州牛はリンゴを食べて育つと言われているが、ソースにもリンゴが使われているとのことで、なんとも言えないまろやかな味だった。日本人にも美味しく感じるが、四人も感激していた。その一方、ヘレンは驚いていた。

「日本人は毎日こんなにボリュームのある夕食を食べるの？」

前回のツアーでも同じことを聞かれたので、懐石料理は外国人にはとても不思議に映るのだろう。

「いいえ、まさか！　旅館に泊まると、こういう豪華な料理がセットになっていることが多いんですよ。普通の家庭では、メイン料理が一品と付け合わせ、それからご飯とみそ汁くらいですよ」

デザートはリンゴのタルトだった。地元産のリンゴを使ったもので、ほどよい甘さで頬がとろけるようだった。

夕食が終わって一人になると、桃也に電話してみようかと思った。お勧めのランチ場所を教えてくれると言っておきながら、まだ電話もメールもないのだ。でも、忙しくてそんな暇ないのかもしれない。そう思って、電話するのはツアーが終わるまで待つことにした。


朝食は同じ食堂で、朝八時にしてもらった。旅館でも最近は朝食をバイキングにしているところもあるが、ここでは和定食。といっても、日本の一般家庭の朝食よりは種類も多くボリューム満点だ。面白いのは漬物だけが大皿に並べてあり、好きなものを選んで小皿に取れるようになっていること。時間通り、八時ちょうどに四人一緒に現れた。ライアンはアマンダを支えている。

「アマンダ、脚の具合はどうですか？」

「ありがとうミオ、だいぶよくなったわ。一日寝たら、痛みも和らいだし、ライアンが肩を貸してくれれば、両側から支えてもらわなくても歩けるようになったしね。昨日はいろいろと面倒を見てくれて本当に感謝してるわ」

私は嬉しくなった。アマンダの回復もそうだが、ライアンとアマンダが心から信頼し合っているように見えたからだ。

テーブルに着くと、またヘレンが、

「朝食もすごいボリュームね。日本人はなんでこんなにたくさん食べても太らないの？」

だから、昨日も言ったように、毎日こんなに食べるわけじゃないんですって！　そう思いながら、辛抱強く説明する。

「私の家では、パンとヨーグルトと果物だけです。和食を食べる家でも、ご飯とみそ汁、漬物に、玉子料理か魚が一品付くくらいですよ」

この日、当初の予定では小布施《おぶせ》で途中下車して町並みを散策してから松本に移動し、ホテルに荷物を預けて松本城の観光をすることになっていた。小布施は葛飾北斎が滞在した町で、中心には外国人にも人気の北斎館という美術館がある。その周辺には古い家屋が残っていて散策するのに気持ちのよい場所である。名産の栗を使った和菓子を売る店もある。

でも、アマンダの怪我のため、小布施には行かずに、朝ゆっくり出発することにした。案内できないのは残念だが、アマンダが歩けないのでやむを得ない。湯田中駅までは歩いても一〇分ほどだが、旅館の女将が車で送ってくれた。旅館のバンなので、全員一緒に乗れる。

「お世話になりました。女将さんがいてくれて、本当に助かりました。ありがとうございました」

「いいえ、アマンダさんの怪我、大事に至らなくてよかったです。ぜひまた来てくださいね」

「ドウモアリガトウ、オカミサン！」

アマンダも、私が教えた日本語でお礼を伝えてくれた。

湯田中駅から特急に乗った。予約してあったものより一本遅い列車だ。朝食前に駅まで歩いて行って、変更手続きをしておいたのだ。約五〇分で長野駅へ。そこからＪＲの特急に乗り換えて、さらに五〇分ほどで松本に到着した。ホテルは駅前の松本アルプスホテル。まだ十二時で、チェックイン時刻の午後三時まではだいぶあるが、事前に電話で怪我人がいることを伝えておいたところ、部屋を準備してくれていた。東京から送った荷物が届いていることは電話で確認しておいたので、フロントで受け取ろうとすると、「スーツケースは客室に入れさせていただきました」とのこと。気のきくホテルの対応は嬉しい。

部屋で少し休憩してもらい、一時にロビーで待ち合わせることにした。私はスーツケースを開いてパンツスーツに着替えると、みんなが休憩している間に、ホテル周辺の飲食店を下見しに行った。駅前なので、和洋中なんでも揃っている。

集合してからみんなに意向を尋ねると、昨日から和食が続いているからと、ハンバーガーで意見が一致した。でも、アメリカのハンバーガーチェーンでは面白くない。日本のハンバーガーショップを提案すると、みんな賛成だったので、駅ビルに入っている店に連れて行った。他のハンバーガーチェーンに比べると値段は少し高いが、注文してから作ってくれるため、バンズも肉も高級に感じる。

「なにこれ、今まで食べたハンバーガーで一番美味しいわ！」

ヘレンが叫んだ。

「ほんと、美味しいよ」

パトリックも同意した。

日本のハンバーガーが褒められて、私も自分が褒められたような嬉しい気分になった。

昼食を取りながら、松本城について説明した。松本城は四百年以上前に建てられたお城だ。日本各地にお城は存在するが、多くは二十世紀以降に再建されたものであり、江戸時代かそれ以前に建てられた天守は日本に十二しか現存しない。その中でも、一五九〇年代に建てられた松本城は、日本最古の城と言われている。天守の内部も見学できるが、内部の階段は急勾配である。城が攻め込まれた場合、下層階から上ってくる敵を上層階から迎え打つため、戦いが有利になるように急勾配にしているのだ。アマンダには上るのは無理だろう。

「素晴らしい城の外観を見るだけでも行く価値がありますよ」

そう言うと、アマンダも行きたがった。

松本駅から城までは歩いて一五分ほどだが、アマンダには歩かせられないので駅前からタクシーに乗った。タクシー乗り場には小型タクシーしかおらず、二台に分乗した。

松本城では、両親を天守に案内することにした。その間、ライアンとアマンダは城のまわりをゆっくり散策することになった。別れ際、私はライアンにそっと声を掛けた。

「ライアン、わかってますよね?」

「もちろん、わかってるよ!」

「何話してるの?」

アマンダがいぶかしげな顔をするが、ライアンは、

「いや、なんでもないよ」

とごまかした。アマンダは私のほうにも目線を向けたが、私はすぐに目をそらした。

松本城の天守は桜の季節や連休などには大混雑する。入場までに二時間待ちということさえあるらしい。天守という限られたスペースに大勢が押し掛けるのだから、無理もない。でも今日はそれほど混雑していない。東京で桜が八分咲きでも、標高も高く気温の低い松本ではまだ開花しておらず、蕾の状態だ。だから春休みとはいえ、まだ観光客はそれほど

多くない。

パトリックとヘレンに説明しながら上層階へと進んでいく。二人とも歴史にとても興味があるようだ。鉄砲や合戦図などの展示をじっくり見学していたので、他の観光客が次々と後ろから追い越していった。高齢者になると急階段は困難だが、まだ五十代の二人にはなんでもなかった。最上階に到達すると、開放された窓から四方の景色が望めた。南側は街の中心で、ビル街が見える。西側には日本アルプスがある。早春にはまだ山々は雪を被っていて、美しい山並みが見渡せた。視線を下に移すと城を囲むお堀が見える。

私は探していた。もちろん、ライアンとアマンダの二人だ。藤棚の下のベンチに座っているアマンダが見えた。その前にひざまずいている後ろ姿のライアンも確認できた。

あっ、今決定的な瞬間かもしれない！　すぐに、パトリックとヘレンにも教えた。

「ほら、あそこ。ライアンとアマンダが見えますか？」

「ああ、アマンダの前でライアンがひざまずいているね」

「きっと今、ライアンがプロポーズしてるところだと思いますよ」

三人で見ていると、ライアンが立ち上がり、アマンダを立たせて抱き寄せた。アマンダもライアンに身体を預け、ライアンの背中に手をまわして抱きついた。やった！

「ライアン、よくやったぞ！」

パトリックは満面の笑顔、ヘレンは目に涙を浮かべていた。

上りは展示品を見ながらゆっくり上がっていったが、下りは速かった。両親とも、早く息子に会いたいのだ。城から出ると、三人でお堀沿いをライアンたちのいるほうに歩いて行った。すぐにベンチに座っている二人を見つけた。ライアンも私たちを見つけると立ち上がった。

「パパ、ママ、今アマンダにプロポーズしたんだ。アマンダは受け入れてくれたよ！」

「そうか、よかったな、ライアン！」

パトリックは息子を思いっきり抱きしめた。

「おめでとう、ライアン」

ヘレンもライアンを抱きしめると、今度はアマンダに向かって手を広げた。

「おめでとう、アマンダ」

アマンダも脚をかばいながらゆっくり立ち上がると、ヘレンを抱きしめた。

「息子をよろしく頼むよ」

パトリックも満面の笑みでアマンダを抱きしめた。四人のハグ大会が終わるとライアンは、今度は私のほうに寄ってきた。

「ありがとう、ミオ！」

「おめでとう、ライアン！」

私はライアンの手を強く握りしめた。アマンダも足を引きずりながら近づいてきた。

「ミオ、ライアンがすごく頼りになる人だってわかったの。一生この人とやっていくわ」

アマンダの頬から涙が流れ落ちた。

「そう、よかったですね。本当におめでとう！」

私はアマンダを抱きしめた。抱きしめながら、自分の頬にも涙が伝っているのが感じられた。

「ここで記念写真撮りましょうよ。お堀沿いから見上げる松本城は、最高の写真スポットですから」

ライアンとアマンダ二人の写真を撮った後、アマンダも家族になるのだと思い、家族四人の写真も撮ってあげた。

「ミオとも一緒に撮りたい！」

アマンダに言われ、通行人に頼んで五人一緒の写真を撮ってもらった。私も自分のスマホで撮ってもらおうとすると、アマンダに言われた。

「後で、メールで送ってあげるから大丈夫よ」

ライアンとアマンダはもう少しここで話をしていたいと言うので、両親と一緒にホテルに戻ることにした。二人とも歩きたいとのことで、途中の縄手通りに寄って、土産物屋を覗いたり、ベイカリーカフェでコーヒーを飲んだりしながら、ゆっくりホテルに戻った。

この日の夜が、四人との最後の夕食。ツアーには夕食は含まれていないが、四人は私も招待してくれた。アマンダのリクエストで、イタリア料理を食べようということになり、私はちょっと高級感のある店を予約した。

「アマンダ、ライアン、婚約おめでとう。カンパーイ！」

パトリックの音頭で、シャンパンでの乾杯からディナーは始まった。生ハムの前菜に、スパゲティーは数種類注文して、みんなで取り分けた。メインは各自選んだが、昨日信州牛だったので、私は信州ポークを使った料理を注文した。仕事中にこんなに美味しい料理が食べられるなんて幸せだった。メイン料理が終わってしばらくすると、ウェイターがお盆に数種類のデザートを載せてテーブルに現れた。

「お好きなデザートをお選びください」

私を含め、四人はすぐに決まった。しかしライアンは、

「どれにしようかな？　このショートケーキも美味しそうだし、栗がのっているのも捨てがたいね。どっちがいいかなあ」

するとアマンダがライアンのわき腹を肘で突いた。ただし顔は笑っている。いざという

ときに決断力を見せてくれれば、アマンダもこのくらいの優柔不断さは許せるようになったようだ。

デザートに合わせてコーヒーが出てくると、私は用意していたプレゼントを渡した。松本城から戻った後、近くのデパートに行って見つけたのだ。

「二人に婚約祝いのプレゼント、日本酒を飲むためのお猪口です。二人で使ってくださいね」

「開けていい？」

アマンダはその場で包装紙を丁寧に開いていった。

「これガラスでできてるのね！　デザインもとっても素敵。桜の花ね！　これで日本酒を飲んだら美味しそう。ありがとう、ミオ！」

「本当にありがとう、ミオ」

「実はね、私の名前、美しい桜っていう意味なんです。これを使う度に私を思い出してくださいね」

翌日はバイキングの朝食の後、七時半にロビーで待ち合わせた。私の業務はこの日で終わりだけど、四人のツアーはまだ続く。バスで高山まで行って別のガイドと合流し、高山、白川郷、富山、金沢、京都を観光するのだ。高山のガイドには、昨晩四人の様子を電話で報告しておいた。四人の関係、アマンダの怪我のこと、もちろんプロポーズのことも。

バスターミナルはホテルのすぐ近くにある。高山まではバスで直通だから、今日はスーツケースを送らずに持ち歩いている。長距離バスにはトランクルームが付いているので積み込めるのだ。自分の荷物はホテルに預けてきたので、私はアマンダのスーツケースをバスターミナルまで運んであげた。アマンダはライアンに支えられて歩いている。

バスのトランクルームにスーツケースを入れるとお別れだ。まずはパトリックが声を掛けてくれた。

「ミオ、四日間どうもありがとう。こんなに思い出深いツアーは初めてだよ」

ハグをした後、封筒をくれた。

「これは少ないけれど、四人からの感謝の気持ちだよ。日本にはこういう習慣はないかもしれないけど、受け取ってくれるね？」

「どうもありがとうございます！」

お辞儀をしながら、ありがたく頂戴した。

「ミオのおかげで、とっても楽しい四日間だったわ。どうもありがとう」とヘレン。

「ミオ、最高の場所でプロポーズできたのは君のおかげだよ。ありがとう」とライアン。

最後はアマンダがハグしながらライアンに聞こえないようにささやいた。

「最初に言ったことと違っちゃったけど、最高の選択ができたわ。善光寺で私を止めてくれてよかった。ありがとう、ミオ！」

アマンダは思いっきり抱きしめてくれた。

四人がバスに乗ると、出発するまでバスの脇で待っていた。七時五五分ちょうどにバスが動き出すと、私は手を振った。バスの中の四人も手を振り返してくれた。私はバスが見えなくなるまでずっと手を振り続けた。

さようなら。パトリック、ヘレン、ライアン、アマンダ、素敵な思い出をありがとう！

四人とも私にお礼を言ってくれたが、こんなに素敵な人生のイベントに立ち会うことができて、私こそみんなに感謝の気持ちでいっぱいだった。遠ざかっていくバスを見送っていると、涙がこぼれてきた。


後ろから真っ白なハンカチが差し出された。

「ありがとう」

何の気なしに受け取り、頬にハンカチをあてる。

「えっ？」

我に返って振り向くと、桃也がいた。

「なんで桃也がここにいるの？」

「お勧めのランチ場所教えるって言っただろ」

「バカ！」

泣き顔を見られたくないのと、桃也に会えた嬉しさで、私は彼の胸に顔をうずめた。


「美桜、四日間のツアーお疲れ様！」

駅前の喫茶店で出てきたコーヒーを一口飲むと、桃也が言った。

「お客様四人とも、すごく幸せそうな表情だったね。美桜も家族の一員みたいに見えたよ。美桜の案内にすごく満足したんだろうね」

「なんだ、ずっと見てたの？」

「邪魔しちゃいけないと思って、ちょっと離れたところでね」

「なんか腹立つぅ。でも来てくれてありがとう。今回のツアー、今までで最高だったんだよ。桃也に話したくてうずうずしてた」

「へー、聞かせてよ！」

「あの若い二人、恋人同士だったんだけど、昨日彼がプロポーズして婚約が決まったんだよ」

私は、初日の二人の様子から、昨日までの経緯を話した。桃也は親身になって聞いてくれた。

「美桜が恋のキューピッドってわけか」

「まあね」

得意げに胸を反らす。

「それにしても、美桜変わったな」

「えっ、どういうこと？」

「通訳ガイドの仕事を始めた頃は、自分のガイディングがどうだったかとか、自分が相手にどう見られてるかっていうことばっかり気にしてたよね」

「そうだったかな？」

「うん。でも、今回の話を聞いてたら、自分のことは置いといて、相手のことを一番に考えるようになったのがよくわかったよ」

「確かに、二人にうまくいってほしいっていう気持ちは強かったよ。自分がどう見られてるかなんて、あんまり考えなかったかも」

「もう大丈夫だね」

ん？　大丈夫ってどういうこと？

「美桜はすぐ諦めちゃうところがあるから、通訳ガイドも続くかどうか心配してたんだ。初回の仕事やドイツ人の仕事の後、かなり落ち込んでたからね。だから、一度美桜の仕事の様子見てみたいなって思って。でも安心したよ、これならずっと続けていけるね」

「うん、通訳ガイドの仕事、ずっと続けていくよ。他人の人生にも関わっていける、こんな素敵な仕事、他にないもの」

「よかった。ところで、プロポーズの場所に俺の故郷松本を選んでくれてありがとう」

「別に桃也の故郷だから選んだわけじゃないよ。でも松本城はプロポーズに最高の場所だったなあ」

「だろ？　ところで、美桜に大事な話があるんだ。これから一緒にもう一度松本城に行かないか？」

えっ？　見ると桃也は真剣な表情だった。

「うん！」

私は大きく頷いた。

喫茶店を出ると、私たちを祝福するような透き通った青空が広がっていた。
もう逃げない。支えてくれる桃也が一緒にいてくれれば、どんな困難にも立ち向かっていける。私は桃也の腕を掴んで未来に向かって歩き出した。

了

あとがき

私は現役で通訳ガイド（正式名称は「全国通訳案内士」）の仕事をしています。本書に出てくる様々なエピソードは、実際に体験したことからイメージを膨らませて創作しています。多くの外国人観光客は日本の習慣を知らずに来日していますから、文化の違いで摩擦が起きることもしばしばです。例えば、和室の部屋にお客様が土足で入ってしまい仲居さんから連絡を受けたこともありますし、集合時刻を守ってくれないお客様もいらっしゃいます。ただし、私が遅刻したことだけは一度もありません（笑）。お客様のケガや病気で病院にお連れするといった事態も一度や二度ではありません。

もちろん悪いエピソードばかりではありません。お客様が笑顔でお礼を言ってくださるととても嬉しいですし、最後の挨拶で感極まって泣いてしまったこともあります。そして、実際にプロポーズのお手伝いをしたこともあるんです。本当にお客様の人生に関わる仕事なんだなあと実感します。通訳ガイドの仕事は、スリルと感動に溢れているのです。

以前に『通訳ガイドというおしごと』（アルク社）という実用書を出しました。通訳ガイドになるための知識をいかにつけるか、どのように仕事を取るのかを解説したマニュアル的な本です。本当に通訳ガイドを目指す方々からは「とても参考になった」という嬉しいお言葉をいただきましたが、興味半分で読まれた方からは「こんなに多くのことをしなければならないなんて、私にはとても無理！」というご感想もありました。そこで、マニュアル以前に、どうしたら通訳ガイドの魅力をもっと伝えられるだろうか、と考えた結果、「小説を書いてみよう」と思い立ちました。

現役の通訳ガイド仲間のみなさんには「こういうこと、あるある！」と楽しみながら読んでいただきたいですし、将来語学を活かした仕事をしてみたいという方には「通訳ガイドという仕事も面白そうだな」と選択肢の一つにしていただけたら嬉しいです。

通訳ガイドの仕事を通してのエピソードは尽きません。仕事の内容も、今回の小説で描いた電車や貸切バスを使った観光案内だけでなく、実に幅広い分野があります。ハイキングや登山ツアー、アニメや映画など特殊なテーマのツアー、クルーズ船に乗って日本を一周するツアーもあります。お客様も観光客だけではありません。スポーツの国際大会で外国チームに同行したり、旅行会社やメディア等の視察に同行することもあります。一つひとつの仕事が、一期一会のドラマです。機会がありましたら、こうした様々な場面で、主人公の美桜をまた活躍させたいと願っています。

本書をお読みくださり、誠にありがとうございました。

著者プロフィール

島崎　秀定（しまざき　ひでさだ）

1963年、東京生まれ。

高校時代に米国オレゴン州の高校へ１年留学。

慶應義塾大学経済学部卒業後、経営コンサルティング会社を経て、美術館副館長を務める。

1998年、仏ソルボンヌ大学フランス文明講座にて１年間学ぶ。

帰国後、海外旅行の企画・添乗などを経験し、2009年末より通訳ガイドとして活動（14年間の稼働日数は2200日以上）。

全国通訳案内士、英検１級、博物館学芸員等の資格を持つ。

主な著書に『通訳ガイドというおしごと』（2016年　アルク）、『人気通訳ガイドが教える　誰にでもできるおもてなしの英語』（2017年　講談社）などがある。


通訳ガイド美桜の日本へようこそ！

プロポーズは松本城で

2024年６月15日　初版第１刷発行

著　者　島崎 秀定
発行者　瓜谷 綱延
発行所　株式会社文芸社
〒160-0022　東京都新宿区新宿１－10－１
電話　03-5369-3060（代表）
03-5369-2299（販売）

印刷所　株式会社フクイン

ISBN978-4-286-25393-0